胡适《〈红楼梦〉考证》批判

韩亚光 著

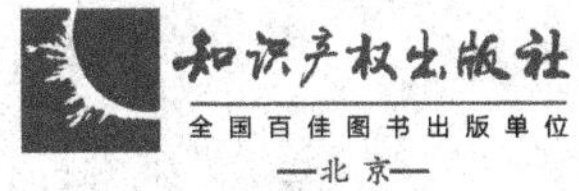

图书在版编目（CIP）数据

胡适《〈红楼梦〉考证》批判/韩亚光著. —北京：知识产权出版社，2021.8
ISBN 978-7-5130-7629-6

Ⅰ.①胡… Ⅱ.①韩… Ⅲ.①《红楼梦》研究 Ⅳ.①I207.411

中国版本图书馆 CIP 数据核字（2021）第 147877 号

内容提要

被很多人奉为经典的胡适《〈红楼梦〉考证》，存在若干缺陷：该文对“索隐”派的态度有矛盾之处，对《红楼梦》的考证有失败之处，而脂砚斋评本之发现对此文造成无形冲击。《红楼梦》属于“谜学”；小说作者既是所谓“石头”，又是所谓“脂砚斋”等批者；《红楼梦》以及《石头记》等书名，由作者同时考虑、统一设计；小说撰写于康熙年间，主题在于凭吊由崇祯时期、南明时期、明郑时期构成的朱明末世，兼及作者家庭悲剧、华夏悠久历史、中外关系走向；八十回本是完整著作；曹寅将《红楼梦》所载“曹雪芹”借为己用，徒劳地将八十回本拓展为一百二十回本。胡适《〈红楼梦〉考证》的缺陷根源于一定的主客观条件，产生深刻而广泛的影响，必将面临系统矫正乃至文学创新。

责任编辑：石红华　　**责任校对**：谷　洋
封面设计：刘　伟　　**责任印制**：孙婷婷

胡适《〈红楼梦〉考证》批判

韩亚光　著

出版发行：	知识产权出版社有限责任公司	**网　　址**：	http://www.ipph.cn
社　　址：	北京市海淀区气象路 50 号院	**邮　　编**：	100081
责编电话：	010-82000860 转 8130	**责编邮箱**：	shihonghua@sina.com
发行电话：	010-82000860 转 8101/8102	**发行传真**：	010-82000893/82005070/82000270
印　　刷：	北京虎彩文化传播有限公司	**经　　销**：	各大网上书店、新华书店及相关专业书店
开　　本：	787mm×1092mm　1/16	**印　　张**：	10
版　　次：	2021 年 8 月第 1 版	**印　　次**：	2021 年 8 月第 1 次印刷
字　　数：	100 千字	**定　　价**：	58.00 元

ISBN 978-7-5130-7629-6

前　言

古典名著《红楼梦》，又有《石头记》等名称。这部小说不但在中国文学史上占据着极其突出的地位，而且在世界文学史上产生了非常重要的影响。笔者在小时候，通过读书刊、听广播、看电视等多种途径，获知关于《红楼梦》的一些基本说法：该书的原作者，乃是曹雪芹；曹雪芹在江宁有过锦衣玉食的童年，后来曹家因被抄而败落；曹家由江宁到了北京，成年的曹雪芹在乾隆年间于穷困潦倒中撰写《红楼梦》；曹雪芹只写了《红楼梦》的前八十回，未能最终完成，便在某年除夕于饥寒交迫中去世了；曹雪芹去世以后，高鹗在《红楼梦》已有八十回的基础上续写了四十回，使该小说成为一部完整的作品；等等。这些流行说法，在笔者的耳朵里都灌满了，深深地印入脑海之中；在很多年里，笔者以为这些说法都是真理，它们构成了《红楼梦》之常识。

随着时间的推移，笔者的阅历逐步增加，对关于《红楼梦》的那些说法产生了怀疑。近年来，笔者认真研究《红楼梦》，对那些流行说法的怀疑越来越多。那些说法，密切相关于 1921 年胡适完成的《〈红楼梦〉考证》。胡适是著名的学者，他的《〈红楼梦〉考证》被许多人奉为经典。这篇著作不但在当时产生了轰动性的影响和效应，而且在今天仍然以特有的方式带动着《红楼梦》的研究和传播。笔者下了很大功夫阅读胡适的《〈红楼梦〉考证》。在阅读初期，笔者确实怀着敬畏之心理和学习之态度。然而，在反复研究之后，笔者发现胡适《〈红楼梦〉考证》存在若干缺陷，有些缺陷还很突出，这是毋庸讳言的。

2020 年 9 月，敬爱的领袖习近平总书记在科学家座谈会上明确强调："不迷信学术权威，不盲从既有学说"；"树立敢于创造的雄心壮志，敢于提出新理论、开辟新领域、探索新路径"；"多出高水平的原创成果，为不断丰富和发展科学体系作出贡献"①。这些重要指示的精神，同样适用于文学研究。在胡适完成《〈红楼梦〉考证》一百周年之际，笔者推出这本批判胡适《〈红楼梦〉考证》的书。全面、深入、系统地剖析胡适《〈红楼梦〉考证》的缺陷，有利于促进红学事业健康发展。当然，笔者这本书的观点是可以商榷的，欢迎学术界批评指正。

---

① 习近平：《在科学家座谈会上的讲话》，《人民日报》2020 年 9 月 12 日，第 2 版。

目 录

第一章　胡适《〈红楼梦〉考证》对“索隐”派的矛盾态度

胡适在《〈红楼梦〉考证》中宣称“向来研究这部书的人都走错了道路”①，对所谓“索隐”派进行了尖锐的批评。然而，在笔者看来，这种批评存在一定问题，需要重新审视。

一、胡适认为“索隐”法不适用于《红楼梦》，不久以后又指出“索隐”法适用于《孽海花》等小说

胡适的《〈红楼梦〉考证》，反复强调这部小说的研究不

① 胡适：《〈红楼梦〉考证》（改定稿），载胡适著《红楼梦考证》，北京：北京出版集团公司、北京出版社，2016 年，第 1 页。需要说明的是，北京出版集团公司、北京出版社出版的这本名为《红楼梦考证》的书，内含胡适《〈红楼梦〉考证》这篇文章以及胡适的其他一些著作；对于这本书，笔者主要参考和引用了《〈红楼梦〉考证》一文的论述，同时也适当参考和引用了其他几篇著作的论述。

适用“索隐”法。他在阐述这种观点时，提及一些“索隐”派人士对《红楼梦》的研究。蔡孑民的有关研究，具有典型性，值得特别关注。

蔡孑民，就是人们熟知的蔡元培，他曾撰写了《〈石头记〉索隐》。蔡孑民在这篇著作中强调，《石头记》“书中红字多影朱字。朱者，明也，汉也”。“宝玉在大观园中所居曰怡红院，即爱红之义。所谓曹雪芹于悼红轩中增删本书，则吊明之义也。”① 他又强调：“书中女子多指汉人，男子多指满人。”“女子是水作的骨肉、男子是泥作的骨肉，与汉字、满字有关也。”② 蔡孑民阐证了小说的本事，论述了人物的意蕴；确认贾宝玉影射允礽，贾巧姐亦影射允礽，林黛玉影射朱竹垞，薛宝钗影射高江村，贾探春影射徐健庵，王熙凤影射余国柱，史湘云影射陈其年，妙玉影射姜西溟，贾惜春影射严荪友，薛宝琴影射冒辟疆，刘姥姥影射汤潜庵。蔡孑民对于自己的《〈石头记〉索隐》，作过这样的概括：知《石头记》所寄托之人物，“用三法推求：一，品性相类者；二，轶事有征者；三，姓名相关者。于是以湘云之豪放而推为其年；以惜春之冷僻而推为荪友；用第一法也。以宝玉曾逢魔魇而推为允礽；以凤姐哭向金陵而推为余国柱；用第二法也。以探

① 蔡元培：《石头记索隐》（节录），载朱一玄编《红楼梦资料汇编》，天津：南开大学出版社，1985 年，第 919 页。

② 蔡元培：《石头记索隐》（节录），载朱一玄编《红楼梦资料汇编》，天津：南开大学出版社，1985 年，第 919 页。

春之名与探花有关，而推为健庵；以宝琴之名与孔子学琴于师襄之故事有关而推为辟疆；用第三法也。然每举一人，率兼用三法或两法，有可推证，始质言之。其他如元春之疑为徐元文；宝蟾之疑为翁宝林；则以近于孤证，姑不列入”①。

对于蔡孑民的《〈石头记〉索隐》，胡适在《〈红楼梦〉考证》中指出：“蔡先生这部书的方法是：每举一人，必先举他的事实，然后引《红楼梦》中情节来配合。……但我总觉得蔡先生这么多的心力都是白白的浪费了，因为我总觉得他这部书到底还只是一种很牵强的附会。”② 不久以后，胡适又说：“蔡先生的方法是不适用于《红楼梦》的。有几种小说是可以采用蔡先生的方法的。最明显的是《孽海花》。这本是写时事的书，故书中的人物都可用蔡先生的方法去推求：陈千秋即是田千秋，孙汶即是孙文，庄寿香即是张香涛，祝宝廷即是宝竹坡，潘八瀛即是潘伯寅，姜表字剑云即是江标字剑霞，成煜字伯怡即是盛昱字伯熙。其次，如《儒林外史》，也有可以用蔡先生的方法去推求的。如马纯上之为冯粹中，庄绍光之为程绵庄，大概已无可疑。但这部书里的人物，很有不容易猜的；如向鼎，我曾猜是商盘，但我读完《质园诗集》

① 蔡孑民：《石头记索隐第六版自序——对于胡适之先生〈红楼梦考证〉之商榷》，载中国艺术研究院红楼梦研究所、人民文学出版社编辑部编《红楼梦研究稀见资料汇编》，北京：人民文学出版社，2001 年，第 71 页。

② 胡适：《〈红楼梦〉考证》（改定稿），载胡适著《红楼梦考证》，北京：北京出版集团公司、北京出版社，2016 年，第 8 页。

三十二卷，不曾寻着一毫证据，只好把这个好谜牺牲了。又如杜少卿之为吴敬梓，姓名上全无关系；直到我寻着了《文木山房集》，我才敢相信。此外，金和跋中举出的人，至多不过可供参考，不可过于信任（如金和说吴敬梓诗集未刻，而我竟寻着乾隆初年的刻本）。《儒林外史》本是写实在人物的书，我们尚且不容易考定书中人物，这就可见蔡先生的方法的适用是很有限的了。"[①]"《红楼梦》与《儒林外史》不是同一类的书。用'品性，逸事，姓名'三项来推求《红楼梦》里的人物，……结果必是一种很牵强的附会。"[②] 认真分析胡适这些言论，可以发现：与现代许多学者彻底否定"索隐"法有所不同，胡适并没有一概否定"索隐"法。他认为蔡孑民的"索隐"法适用于《孽海花》这种写时事的书，在很大程度上也适用于《儒林外史》这种写实在人物的书，但是不适用于《红楼梦》。所谓"时事"，乃是近期的大事。小说源于生活并高于生活，既可能隐含近期大事，又可能隐含远期大事；无论小说中隐含的近期大事，还是小说中隐含的远期大事，都可以相关于实在人物，都可能适用"索隐"法。《红楼梦》作为一部鸿篇巨制，其主题众说纷纭，意见极不统一。在这种情况下，怎么能简单地于性质上将《红楼梦》

① 胡适：《跋〈红楼梦考证〉》，载胡适著《红楼梦考证》，北京：北京出版集团公司、北京出版社，2016年，第65页。

② 胡适：《跋〈红楼梦考证〉》，载胡适著《红楼梦考证》，北京：北京出版集团公司、北京出版社，2016年，第66页。

与《孽海花》《儒林外史》这些小说完全对立起来呢？怎么能笼统地断言《红楼梦》不适用“索隐”法呢？既然承认“索隐”法适应于《孽海花》以及《儒林外史》的一定范围，就应该承认“索隐”法也有可能在一定范围内适用于《红楼梦》。

为了佐证“索隐”法适用于《孽海花》以及《儒林外史》的一定范围，然而不适用于《红楼梦》之观点，胡适曾援引顾颉刚先生举出的两个理由：“别种小说的影射人物，只是换了他姓名，男还是男，女还是女，所做的职业还是本人的职业。何以一到《红楼梦》就会男变为女，官僚和文人都会变成宅眷？”“别种小说的影射事情，总是保存他们原来的关系。何以一到《红楼梦》，无关系的就会发生关系了？……”① 笔者以为，小说反映真实的人物和事情，往往不是通过直截了当之形式、呈现一一对应之关系，而是通过迂回曲折之手段、呈现错综复杂之状况。在众多的小说中，《红楼梦》是非常特殊的，其内容极其丰富。这部小说的影射人物，表达方式可能不是唯一的：有些人物的影射可能只是换了姓名，男还是男，女还是女，所做的职业还是本人的职业；有些人物的影射可能会男变为女，官僚和文人变成宅眷。这部小说的影射事情，表达方式也可能不是唯一的：有

① 胡适：《跋〈红楼梦考证〉》，载胡适著《红楼梦考证》，北京：北京出版集团公司、北京出版社，2016 年，第 66 页。

些事情的影射可能保存原来的关系，有些事情的影射可能由无关系变为有关系。对于那些通过直截了当之形式、呈现一一对应之关系的现象，当然能够适用“索隐”法；对于那些通过迂回曲折之手段、呈现错综复杂之状况的现象，需要作出认真的比较和鉴别，进行合理的分析和归纳，找出固有的逻辑和规律。在这个过程中，“索隐”法完全有可能适用，某些时候则是必不可少的甚至是非常重要的。

二、胡适强调《红楼梦》研究不需要猜谜，然而又探讨该小说的一些谜

胡适在《〈红楼梦〉考证》中批评蔡孑民《〈石头记〉索隐》时曾说：“我记得从前有个灯谜，用杜诗‘无边落木萧萧下’来打一个‘日’字。这个谜，除了做谜的人自己，是没有人猜得中的。因为做谜的人先想着南北朝的齐和梁两朝都是姓萧的；其次，把‘萧萧下’的‘萧萧’解作两个姓萧的朝代；其次，二萧的下面是那姓陈的陈朝。想着了‘陳’字，然后把偏旁去掉（无边），再把‘東’字里的‘木’字去掉（落木），剩下的‘日’字，才是谜底！你若不能绕这许多弯子，休想猜谜！”[①] 在这里，胡适犯了一个常识性的错误：把

① 胡适：《〈红楼梦〉考证》（改定稿），载胡适著《红楼梦考证》，北京：北京出版集团公司、北京出版社，2016 年，第 8 页。

"東"字里的"木"字去掉，剩下的不是"日"字，而是"曰"字。实际上，胡适提到的这个谜并不难，绕的弯子并不多。胡适以为这个谜太难，只能从他本人那里去寻找根源；他根本忽视了内因，片面强调了外因。胡适使用了"想入非非的笨谜"[①] 之称谓，提出了"大笨伯"[②]、"猜谜的红学大家"[③] 之名号。他甚至宣称："假使一部《红楼梦》真是一串这么样的笨谜，那就真不值得猜了！"[④]

虽然胡适认为《红楼梦》不需要猜谜，但是他自己又探讨过这部小说中的一些谜。他知道，这部小说"将真事隐去"；所谓"甄"相关于"真"，所谓"贾"相关于"假"。[⑤] 他专门提及相关于香菱的几句话：

> 根并荷花一茎香，平生遭际实堪伤。自从两地生孤木，致使芳魂返故乡。[⑥]

胡适认为："两地生孤木，合成'桂'字。此明说香菱死

---

① 胡适：《〈红楼梦〉考证》（改定稿），载胡适著《红楼梦考证》，北京：北京出版集团公司、北京出版社，2016 年，第 42 页。

② 胡适：《〈红楼梦〉考证》（改定稿），载胡适著《红楼梦考证》，北京：北京出版集团公司、北京出版社，2016 年，第 8 页。

③ 胡适：《〈红楼梦〉考证》（改定稿），载胡适著《红楼梦考证》，北京：北京出版集团公司、北京出版社，2016 年，第 42 页。

④ 胡适：《〈红楼梦〉考证》（改定稿），载胡适著《红楼梦考证》，北京：北京出版集团公司、北京出版社，2016 年，第 9 页。

⑤ 胡适：《〈红楼梦〉考证》（改定稿），载胡适著《红楼梦考证》，北京：北京出版集团公司、北京出版社，2016 年，第 31 页。

⑥ 胡适：《〈红楼梦〉考证》（改定稿），载胡适著《红楼梦考证》，北京：北京出版集团公司、北京出版社，2016 年，第 53 页。

于夏金桂之手，故第八十回说香菱‘血分中有病，加以气怨伤肝，内外挫折不堪，竟酿成干血之症，日渐羸瘦，饮食懒进，请医服药无效’。可见八十回的作者明明的要香菱被金桂磨折死。”① 更重要的是，胡适提到相关于王熙凤的话：“一从二令三人木，哭向金陵事更哀。”令人惊讶的是，胡适居然承认“这个谜竟无人猜得出，许多批《红楼梦》的人也都不敢下注解”。他甚至说，这个谜只好等“上海灵学会”把小说原作者“请来降坛时再来解决了”②。按照这个说法，此谜比那个“无边落木萧萧下”之谜要困难万倍，根本无法破解。

综上所述，胡适在《红楼梦》是否需要猜谜的问题上表现得忽左忽右。

三、胡适为彻底有别于《红楼梦》之“索隐”派而申明自己处处尊重证据，但是有时又提出该小说内容的研究重于证据

胡适在《〈红楼梦〉考证》中确认“‘索隐’（猜谜）法的无益”③，强调“考证与附会的绝对不相同”④。这些表述，

---

① 胡适：《〈红楼梦〉考证》（改定稿），载胡适著《红楼梦考证》，北京：北京出版集团公司、北京出版社，2016 年，第 53 页。

② 胡适：《〈红楼梦〉考证》（改定稿），载胡适著《红楼梦考证》，北京：北京出版集团公司、北京出版社，2016 年，第 53 页。

③ 胡适：《〈红楼梦〉考证》（改定稿），载胡适著《红楼梦考证》，北京：北京出版集团公司、北京出版社，2016 年，第 9 页。

④ 胡适：《〈红楼梦〉考证》（改定稿），载胡适著《红楼梦考证》，北京：北京出版集团公司、北京出版社，2016 年，第 3 页。

意思是说考证与索隐绝对不同，胡适推崇“考证”法。与此相适应，胡适指出：“我们只须根据可靠的版本与可靠的材料，考定这书的著者究竟是谁，著者的事迹家世，著书的时代，这书曾有何种不同的本子，这些本子的来历如何。这些问题乃是《红楼梦》考证的正当范围。”[①] 在胡适看来，《红楼梦》之“索隐”派的缺点就在于忽略小说作者之生平，研究中必须“处处尊重证据，让证据做向导”[②]。对此，蔡孑民持保留看法：“惟吾人与文学书，最密切之接触，本不在作者之生平，而在其著作。”[③] 为了强化这种观点，蔡孑民援引张邦铭、郑阳和两先生翻译的《托尔斯泰传》所云：“凡其著作无不含自传之性质。各书之主人翁……皆其一己之化身。各书中所叙他人之事，莫不与其己身有直接之关系。”[④] 在蔡孑民看来，研究小说必须对其内容进行索隐。

那么，胡适与蔡孑民孰是孰非呢？

笔者以为，他们两人的说法都有其合理之处，但是都不

① 胡适：《〈红楼梦〉考证》（改定稿），载胡适著《红楼梦考证》，北京：北京出版集团公司、北京出版社，2016 年，第 15 页。

② 胡适：《〈红楼梦〉考证》（改定稿），载胡适著《红楼梦考证》，北京：北京出版集团公司、北京出版社，2016 年，第 55 页。

③ 蔡孑民：《石头记索隐第六版自序——对于胡适之先生〈红楼梦考证〉之商榷》，载中国艺术研究院红楼梦研究所、人民文学出版社编辑部编《红楼梦研究稀见资料汇编》，北京：人民文学出版社，2001 年，第 72 页。

④ 蔡孑民：《石头记索隐第六版自序——对于胡适之先生〈红楼梦考证〉之商榷》，载中国艺术研究院红楼梦研究所、人民文学出版社编辑部编《红楼梦研究稀见资料汇编》，北京：人民文学出版社，2001 年，第 73 页。

能凝固化、绝对化，需要尽可能统一起来，使作者问题的考证有利于情节问题的索隐，使情节问题的索隐有利于作者问题的考证。当然，实际情况往往是复杂的，应该具体问题具体分析。然而，胡适在《〈红楼梦〉考证》中推崇的“考证”法逐步成为一种研究“范式”，并且被大大泛化和强化。在一些人看来，小说作者问题的考证可以有不同的切入点，但无疑应以原始文献的正面记载为先；至于所谓“索隐”法，好像必然地属于伪科学。实际上，需要重视文献记载，然而不能迷信文献记载；如果不分条件地一味拘泥于文献记载，那就显得太机械了。这方面的事情，在一定程度上可以类比于自然科学的一些情况。自然规律是客观存在的，人类只能通过研究去发现和证明自然规律；在这个过程中，严密的逻辑推理和完善的科学体系就是至关重要的。至于一些著作的作者问题，是不应该拘泥于文献记载的。在这里，笔者举一个事例。在中国新民主主义革命时期，有人以“歌特”的名义发表《文艺战线上的关门主义》《在走向粉碎四次“围剿”的路上》《论我们的宣传鼓动工作》这些文章。关于它们的真正作者，是没有文献记载的；在一段时间里，人们不知道“歌特”是谁。1982 年，程中原先生指出：“在我国考据学上，常常依据词语的使用乃至字的写法来判断作品的真伪，确定作品的年代、地域、作者。"[①] 在艰辛的研究过程中，程中原确定了张闻天的若干习惯用语，其中的一部分出现于"歌特"的文章之中。这部分习惯用语包括：不用"面前"而用"前面"，不用"虽然"而用"虽是"，不用"如果"而用"如若"，不说"直到现在"而说"一直到现在"，不用"和"而用"与"，不说"表现"而说"表示"，不说"恰恰相反""正好相反"而说"却正相反"，不说"所有这些"而说"一切这些"，不说"例如"而说"如像"，等等。针对这些情况，程中原强调："这不是一个孤证，而是建筑在大量统计材料的基础上的。个别可以偶合，但很难说会有一个人在个人的一系列惯用语上，都恰恰同张闻天完全偶合。"[②] 通过这种考察，加上其他一些探讨，程中原最终确认"'歌特'是张闻天同志化名"[③]。这个结论受到国家的肯定，《文艺战线上的关门主义》和《论我们的宣传鼓动工作》收入 1985 年人民出版社出版的《张闻天选集》。如果说张闻天的那三篇文章产生于近代反动统治下的白色恐怖时期，作者只能署化名，那么，《红楼梦》则产生于古代专制统治下的极端压抑时期，作者完全可能隐去自己的真名；如果说张闻天那三篇文章在没有文献记载它们撰写者真名的情况下而得

① 程中原：《"歌特"为张闻天化名考》，《中国社会科学》1983 年第 4 期。
② 程中原：《"歌特"为张闻天化名考》，《中国社会科学》1983 年第 4 期。
③ 程中原：《"歌特"为张闻天化名考》，《中国社会科学》1983 年第 4 期。

以成功解决其作者问题，那么，可能隐去了撰写者真名的《红楼梦》也完全可能通过特别途径得以解决其作者问题。

一百二十回本《红楼梦》可以区分为前八十回和后四十回。胡适指出："证据固然重要，总不如内容的研究更可以证明后四十回与前八十回决不是一个人作的。"① 在此处，胡适结合特定问题宣告了索隐重于考证；这无法统一于前文已经提到的胡适所说"处处尊重证据，让证据做向导"。尽管如此，胡适还是宣称自己目的在于"创造科学方法的《红楼梦》研究"②。实际上，这只是他的美好愿望而已。

---

① 胡适：《〈红楼梦〉考证》（改定稿），载胡适著《红楼梦考证》，北京：北京出版集团公司、北京出版社，2016 年，第 52 页。

② 胡适：《〈红楼梦〉考证》（改定稿），载胡适著《红楼梦考证》，北京：北京出版集团公司、北京出版社，2016 年，第 55 页。

第二章　胡适《〈红楼梦〉考证》中的失败考证

胡适在《〈红楼梦〉考证》中指出，“我们做《红楼梦》的考证”，“只能运用我们力所能搜集的材料，参考互证，然后抽出一些比较的最近情理的结论”①。既然如此，笔者就分析一下胡适在《〈红楼梦〉考证》中依据的核心材料、呈现的主要思路、得出的基本结论。

一、胡适从袁枚有关记载出发考察曹雪芹家世，可是又忽略和违背袁枚指明的关键时间

胡适的《〈红楼梦〉考证》，与袁枚的有关记载直接相关。

---

① 胡适：《〈红楼梦〉考证》（改定稿），载胡适著《红楼梦考证》，北京：北京出版集团公司、北京出版社，2016 年，第 54—55 页。

袁枚在《随园诗话》卷二中说："康熙间，曹练亭为江宁织造"；"其子雪芹撰红楼梦一部，备记风月繁华之盛"[①]。对于曹雪芹撰写《红楼梦》的说法，胡适深信不疑。至于所谓"曹练亭"，其中有误，胡适指明"练当作楝"[②]。实际上，曹楝亭就是曹寅。对于曹家的情况，胡适进行了详细考察。在他的考察中，有一些情况和细节值得关注。

曹寅的父亲是曹玺，字元璧。康熙二年开始任江宁织造，康熙二十三年卒于江宁织造任上。

曹寅，字子清，又字荔轩，号楝亭。生于顺治十五年，死于康熙五十一年。康熙二十九年至三十二年，做苏州织造；康熙三十一年至三十二年，兼任江宁织造；康熙三十二年至五十一年，专任江宁织造。兼做过四次两淮巡盐御史，曾加通政司衔。

曹寅有个儿子叫曹颙。曹寅死后，曹颙做江宁织造；"到康熙五十四年，曹颙或是死了，或是因事撤换了"[③]。康熙五十四年至雍正六年，曹頫任江宁织造，此人被胡适视为曹寅

① 袁枚著，顾学颉校点：《随园诗话》，北京：人民文学出版社，1982 年，第 42 页。

② 胡适：《〈红楼梦〉考证》（改定稿），载胡适著《红楼梦考证》，北京：北京出版集团公司、北京出版社，2016 年，第 16 页。

③ 胡适：《〈红楼梦〉考证》（改定稿），载胡适著《红楼梦考证》，北京：北京出版集团公司、北京出版社，2016 年，第 36 页。

的“次子”[1]。

至于曹寅与曹雪芹的关系，则显得比较复杂和费解。袁枚说曹雪芹是曹寅的儿子，胡适在开始“信了这话”[2]，后来又认为“此说实是错的”[3]。胡适观点的改变，与杨钟羲有关。胡适的《〈红楼梦〉考证》引用了杨钟羲在《雪桥诗话续集》卷六中的表述：

> 敬亭……尝为《琵琶亭传奇》一折，曹雪芹（霑）题句有云：“白傅诗灵应喜甚，定教蛮素鬼排场。”雪芹为楝亭通政孙，平生为诗，大概如此，竟坎坷以终。……[4]

杨钟羲提到的“敬亭”，乃是清朝宗室敦诚。敦诚的出生，晚于袁枚；敦诚的去世，早于袁枚。敦诚有《四松堂集》等著作。胡适认为，杨钟羲“根据《四松堂集》说曹雪芹是曹寅之孙”[5]。1921 年夏，胡适“写信去问杨钟羲先生，他回

---

① 胡适：《〈红楼梦〉考证》（改定稿），载胡适著《红楼梦考证》，北京：北京出版集团公司、北京出版社，2016 年，第 36 页。

② 胡适：《〈红楼梦〉考证》（改定稿），载胡适著《红楼梦考证》，北京：北京出版集团公司、北京出版社，2016 年，第 25 页。

③ 胡适：《〈红楼梦〉考证》（改定稿），载胡适著《红楼梦考证》，北京：北京出版集团公司、北京出版社，2016 年，第 17 页。

④ 胡适：《〈红楼梦〉考证》（改定稿），载胡适著《红楼梦考证》，北京：北京出版集团公司、北京出版社，2016 年，第 25 页。

⑤ 胡适：《〈红楼梦〉考证》（改定稿），载胡适著《红楼梦考证》，北京：北京出版集团公司、北京出版社，2016 年，第 26 页。

信说，曾有《四松堂集》，但辛亥乱后遗失了”[1]。虽然如此，但是胡适通过别的途径看到关于曹雪芹的几首诗，并且在《〈红楼梦〉考证》中加以引用。其中，有一首是敦诚的《寄怀曹雪芹》：

少陵昔赠曹将军，曾曰魏武之子孙。嗟君或亦将军后，于今环堵蓬蒿屯。扬州旧梦久已绝，且著临邛犊鼻裈。……劝君莫弹食客铗，劝君莫叩富儿门。残杯冷炙有德色，不如著书黄叶村。[2]

1922年4月19日，胡适得到一部《四松堂集》的写本。在此书中，就有敦诚的那首《寄怀曹雪芹》。胡适发现，该诗“题下注一‘霑’字”；原来见过的“扬州旧梦久已绝”一句，其中的“绝”在这里作“觉”，此句下贴一笺条注云“雪芹曾随其先祖寅织造之任”[3]。胡适强调：“《雪桥诗话》说曹雪芹名霑，为楝亭通政孙，即是根据于这两条注的。”[4]

为了便于研究曹雪芹与《红楼梦》的关系，胡适考察了曹雪芹的生卒年。在《〈红楼梦〉考证》中，胡适推测曹雪芹

---

① 胡适：《〈红楼梦〉考证》（改定稿），载胡适著《红楼梦考证》，北京：北京出版集团公司、北京出版社，2016年，第26页。

② 胡适：《〈红楼梦〉考证》（改定稿），载胡适著《红楼梦考证》，北京：北京出版集团公司、北京出版社，2016年，第27—28页。

③ 胡适：《跋〈红楼梦考证〉》，载胡适著《红楼梦考证》，北京：北京出版集团公司、北京出版社，2016年，第60页。

④ 胡适：《跋〈红楼梦考证〉》，载胡适著《红楼梦考证》，北京：北京出版集团公司、北京出版社，2016年，第60页。

“大约生于康熙末叶（约1715—1720）”[①]，有时又认为曹雪芹大概生于康熙五十一年（1712）或者“稍后”[②]；至于曹雪芹之死，则是在“乾隆三十年左右（约1765）”，享年“约五十岁左右”[③]。胡适在完成《〈红楼梦〉考证》的次年，发现敦诚所作的诗《挽曹雪芹（甲申）》，其中提及“四十年华付杳冥”[④]。据此，胡适认为：“曹雪芹死在乾隆二十九年甲申（1764）。”[⑤]“曹雪芹死时只有‘四十年华’。这自然是个整数，不限定整四十岁。但我们可以断定他的年纪不能在四十五岁以上。假定他死时年四十五岁，他的生时当康熙五十八年（1719）。”[⑥]

如果说曹雪芹生于康熙五十一年以后，那么，死于康熙五十一年的曹寅与这个曹雪芹在时间上是无法有交集的。既然如此，就不会有“雪芹曾随其先祖寅织造之任”这样的事情发生。胡适曾认为杨钟羲的话语是“转手的证据”，而敦诚

① 胡适：《〈红楼梦〉考证》（改定稿），载胡适著《红楼梦考证》，北京：北京出版集团公司、北京出版社，2016年，第30页。

② 胡适：《〈红楼梦〉考证》（改定稿），载胡适著《红楼梦考证》，北京：北京出版集团公司、北京出版社，2016年，第43页。

③ 胡适：《〈红楼梦〉考证》（改定稿），载胡适著《红楼梦考证》，北京：北京出版集团公司、北京出版社，2016年，第30页。

④ 敦诚：《挽曹雪芹（甲申）》，载朱一玄编《红楼梦资料汇编》，天津：南开大学出版社，1985年，第25页。

⑤ 胡适：《跋〈红楼梦考证〉》，载胡适著《红楼梦考证》，北京：北京出版集团公司、北京出版社，2016年，第61页。

⑥ 胡适：《跋〈红楼梦考证〉》，载胡适著《红楼梦考证》，北京：北京出版集团公司、北京出版社，2016年，第62页。

的记载是“原手的证据”[1]，曹雪芹是曹寅之孙的说法“自然万无可疑”[2]。不过，这个所谓“原手的证据”却存在硬伤。在这种情况下，它就应该存疑，不能作为定论。其实，胡适本人在1922年也意识到所谓“雪芹曾随其先祖寅织造之任”中的问题。他将这个问题称作“一点小误”，认为“雪芹必不及见曹寅了”，应该是“雪芹曾随他的父亲曹頫在江宁织造任上。曹頫做织造，是康熙五十四年到雍正六年（1715—1728）；雪芹随在任上大约有十年（1719—1728）”[3]。在胡适心目中，所谓“雪芹曾随其先祖寅织造之任”，乃是“雪芹曾随其先父頫织造之任”的误记。这种理解只是孤论，并无旁证。

需要特别说明的是，袁枚在《随园诗话》卷十六中有如下记载：

> 丁未八月，余答客之便，见秦淮壁上题云：“一溪烟水露华凝，别院笙歌转玉绳。为待夜凉新月上，曲栏深处撤银灯。”“飞盏香含豆蔻梢，冰桃雪藕绿荷包。榜人能唱湘江浪，画桨临风当板敲。”“早潮

① 胡适：《跋〈红楼梦考证〉》，载胡适著《红楼梦考证》，北京：北京出版集团公司、北京出版社，2016年，第59页。

② 胡适：《〈红楼梦〉考证》（改定稿），载胡适著《红楼梦考证》，北京：北京出版集团公司、北京出版社，2016年，第26页。

③ 胡适：《跋〈红楼梦考证〉》，载胡适著《红楼梦考证》，北京：北京出版集团公司、北京出版社，2016年，第62页。

退后晚潮催，潮去潮来日几回。潮去不能将妾去，潮来可肯送郎来？”三首，深得竹枝风趣。尾署“翠云道人”。访之，乃织造成公之子啸崖所作，名延福。有才如此，可与雪芹公子前后辉映。雪芹者，曹楝亭织造之嗣君也。相隔已百年矣。①

胡适《〈红楼梦〉考证》曾引用上述记载中“雪芹者，曹楝亭织造之嗣君也”之表述，然而没有引用“相隔已百年矣”之表述，这是不应该的。其实，后者至关紧要。探讨这个“百年”，需要涉及“丁未八月”。所谓“丁未八月”，正值乾隆五十二年，即公元1787年，时任江宁织造是成善。既然成善之子成啸崖与曹雪芹“相隔已百年矣”，就应该从相当于那个丁未年的公元1787年倒推一百年，其结果是公元1687年，即康熙二十六年。也就是说，康熙二十六年之时，袁枚所记载的曹雪芹在世。这位曹雪芹，与胡适所考察的那位在康熙五十一年以后出生的曹雪芹毫无关系。

二、胡适将自己考察的曹雪芹与一百二十回本《红楼梦》的前八十回结合起来，呈现一片乱象

胡适不但把敦诚笔下的曹雪芹视为曹寅的孙子，而且

---

① 袁枚著，顾学颉校点：《随园诗话》，北京：人民文学出版社，1982年，第543页。

将这个曹雪芹与一百二十回本《红楼梦》的前八十回联系起来。胡适认为，敦诚的“于今环堵蓬蒿屯”等诗句，“证明曹雪芹当时已很贫穷，穷的很不像样了”[①]，而曹雪芹“是做过繁华旧梦的人”[②]。在胡适看来，曹雪芹的家有一个逐步由盛而衰的演化，这个演化在《红楼梦》中有清晰的影子。

曹寅与康熙帝有着特殊的关系。依托有关人员的考证和有关方面的材料，胡适研究了曹寅接待南巡的康熙帝之情况。胡适确认，康熙帝六次南巡，第一次以后的五次都把江宁织造署当行宫，在这五次之中曹寅“四次接驾”；康熙四十四年第五次南巡时，“曹寅既在南京接驾，又以巡盐御史的资格赶到扬州接驾”[③]。前述情况累计起来，可以说曹寅五次接驾。然而，胡适在《〈红楼梦〉考证》中对曹家接驾次数的概括相继有：“他家曾办过四次以上的接驾的差”[④]；“曹寅当了四次

---

① 胡适：《〈红楼梦〉考证》（改定稿），载胡适著《红楼梦考证》，北京：北京出版集团公司、北京出版社，2016 年，第 28 页。

② 胡适：《〈红楼梦〉考证》（改定稿），载胡适著《红楼梦考证》，北京：北京出版集团公司、北京出版社，2016 年，第 36 页。

③ 胡适：《〈红楼梦〉考证》（改定稿），载胡适著《红楼梦考证》，北京：北京出版集团公司、北京出版社，2016 年，第 22 页。

④ 胡适：《〈红楼梦〉考证》（改定稿），载胡适著《红楼梦考证》，北京：北京出版集团公司、北京出版社，2016 年，第 24 页。

接驾的差"[①]；"曹家四次接驾"[②]；"接驾四五次"[③]；"恰巧当了四次接驾的差"[④]；"招待皇帝，至于四次五次"[⑤]；"曹家极盛时，曾办过四次以上的接驾的阔差"[⑥]。可见，胡适对曹家接驾次数的概括是摇摆不定的，这本身就是问题。胡适又提到《红楼梦》中的"接驾"，其中包括："贾府正在姑苏扬州一带"之时，曾经"预备接驾一次"；"王府"在王熙凤的"爷爷专管各国进贡朝贺的事"之时，"也预备过一次"；至于"江南的甄家"，则"接驾四次"[⑦]。这些情节与曹寅接驾有无关系呢？胡适认为，"甄家与贾家都是曹家"[⑧]，"曹雪芹不知不觉的——或是有意的——把他家这桩最阔的大典说了出来"[⑨]。如果说甄家接驾与贾家接驾关联于曹家接驾，那么，

① 胡适：《〈红楼梦〉考证》（改定稿），载胡适著《红楼梦考证》，北京：北京出版集团公司、北京出版社，2016 年，第 33 页。

② 胡适：《〈红楼梦〉考证》（改定稿），载胡适著《红楼梦考证》，北京：北京出版集团公司、北京出版社，2016 年，第 34 页。

③ 胡适：《〈红楼梦〉考证》（改定稿），载胡适著《红楼梦考证》，北京：北京出版集团公司、北京出版社，2016 年，第 34 页。

④ 胡适：《〈红楼梦〉考证》（改定稿），载胡适著《红楼梦考证》，北京：北京出版集团公司、北京出版社，2016 年，第 34 页。

⑤ 胡适：《〈红楼梦〉考证》（改定稿），载胡适著《红楼梦考证》，北京：北京出版集团公司、北京出版社，2016 年，第 42 页。

⑥ 胡适：《〈红楼梦〉考证》（改定稿），载胡适著《红楼梦考证》，北京：北京出版集团公司、北京出版社，2016 年，第 43 页。

⑦ 胡适：《〈红楼梦〉考证》（改定稿），载胡适著《红楼梦考证》，北京：北京出版集团公司、北京出版社，2016 年，第 32—33 页。

⑧ 胡适：《〈红楼梦〉考证》（改定稿），载胡适著《红楼梦考证》，北京：北京出版集团公司、北京出版社，2016 年，第 33 页。

⑨ 胡适：《〈红楼梦〉考证》（改定稿），载胡适著《红楼梦考证》，北京：北京出版集团公司、北京出版社，2016 年，第 34 页。

王熙凤的爷爷接驾又对应什么呢？对此，胡适没有表述。还需要看到，胡适明确提及小说中“太祖皇帝仿舜巡的故事”[①]。从清朝的角度看，其统治者将后金天命帝努尔哈齐（又称“努尔哈赤”）尊为“太祖”[②]，而康熙帝玄烨乃是“圣祖”[③]。至此，可以判断：《红楼梦》中的接驾故事与曹家兴盛时的接驾事实是风马牛不相及的。

至于曹家衰落的情形，胡适是从曹寅的亲家李煦切入的：“李煦做了三十年的苏州织造，又兼了八年的两淮盐政，到头来竟因亏空被查追。胡凤翚折内只举出康熙六十一年的亏空，已有六万两之多，加上谢赐履折内举出应退还两淮的十万两，这一年的亏空就是十六万两了！他历年亏空的总数之多，可以想见。这时候，曹頫（曹雪芹之父）虽然还未曾得罪，但谢赐履折内已提及两事：一是停止两淮应解织造银两，一是要曹赔出本年已解的八万一千余两。这个江宁织造就不好做了。……曹頫当雍正六年去职时，必是因亏空被追赔，……从此以后，曹家在江南的家产都完了，故不能不搬回北京居住。这大概是曹雪芹所以流落在北京的原因。我们看了李煦、曹頫两家败落的大概情形，再回头来看《红楼梦》里写的贾

① 胡适：《〈红楼梦〉考证》（改定稿），载胡适著《红楼梦考证》，北京：北京出版集团公司、北京出版社，2016 年，第 33 页。

② 赵尔巽等撰：《清史稿》，北京：中华书局，1977 年，第 1 页。

③ 赵尔巽等撰：《清史稿》，北京：中华书局，1977 年，第 165 页。

家的经济困难情形，便更容易明白了。”[1] 与这些考察相贯通，胡适在《〈红楼梦〉考证》中断言：“《红楼梦》一书是曹雪芹破产倾家之后，在贫困之中作的。作书的年代大概当乾隆初年到乾隆三十年左右，书未完而曹雪芹死了。”[2] 笔者以为，如果这个曹雪芹真的在《红楼梦》中描写曹家，不但需要有相关的经历，而且必须有相关的记忆。按照胡适估计的曹雪芹出生之年来推算，雍正六年曹頫去职之时曹雪芹是一个十岁左右的孩子。如果说这样一个孩子对曹家的繁华有一定的记忆，这是讲得通的；如果说这样一个孩子对曹家的繁华有深刻的记忆，这是讲不通的。在这个问题上，胡适本人也有过犹豫和矛盾。胡适曾强调，曹雪芹“见过曹家盛时”[3]；胡适又曾指出，“曹家几代住南京，……我……疑心雪芹本意要写金陵，但他北归已久，……模糊记不清了”[4]。既然金陵旧事在曹雪芹脑海中已经“模糊”，他还怎么在《红楼梦》中充分反映曹家昔日的繁华？胡适还曾提及《红楼梦》开端所说

---

① 胡适：《〈红楼梦〉考证》（改定稿），载胡适著《红楼梦考证》，北京：北京出版集团公司、北京出版社，2016年，第38—39页。

② 胡适：《〈红楼梦〉考证》（改定稿），载胡适著《红楼梦考证》，北京：北京出版集团公司、北京出版社，2016年，第43页。

③ 胡适：《考证〈红楼梦〉的新材料》，载胡适著《红楼梦考证》，北京：北京出版集团公司、北京出版社，2016年，第76页。

④ 胡适：《考证〈红楼梦〉的新材料》，载胡适著《红楼梦考证》，北京：北京出版集团公司、北京出版社，2016年，第88—89页。

作者撰写此书以记“半生潦倒”[①]，然而胡适本人估计曹雪芹活了四十多岁；这个曹雪芹如果撰写《红楼梦》，应该在三十岁左右就要动笔，或者动笔得更早。一个二三十岁的青年人开始撰写《红楼梦》，能够让人相信吗？更何况，从曹雪芹十岁左右家庭败落，到他二十多岁、三十岁左右，只有一二十年时间。这一二十年时间，如何与“半生潦倒”联系起来？如果按照曹雪芹四十多岁之寿命来算，作为一二十年之上限的二十年可称“半生”，可是曹雪芹能够预测自己的寿命吗？

无论曹家繁华的情况，还是曹家衰后的情况，在与《红楼梦》联系起来时都出现明显问题。尽管如此，胡适还是断定“《红楼梦》是曹雪芹‘将真事隐去’的自叙”[②]。在胡适看来，“贾政即是曹頫”，“贾宝玉即是曹雪芹”[③]。值得注意的是，胡适曾提及《红楼梦》开端时作者所云“背父兄教育之恩”[④]。若说这里的“父”是小说中的贾政和历史上的曹頫，那么，这里的“兄”是小说中的哪个人物和历史上的哪个人物呢？如果将此“兄”与小说中的贾珠联系起来，好像

① 胡适：《〈红楼梦〉考证》（改定稿），载胡适著《红楼梦考证》，北京：北京出版集团公司、北京出版社，2016年，第31页。

② 胡适：《〈红楼梦〉考证》（改定稿），载胡适著《红楼梦考证》，北京：北京出版集团公司、北京出版社，2016年，第42页。

③ 胡适：《〈红楼梦〉考证》（改定稿），载胡适著《红楼梦考证》，北京：北京出版集团公司、北京出版社，2016年，第36页。

④ 胡适：《〈红楼梦〉考证》（改定稿），载胡适著《红楼梦考证》，北京：北京出版集团公司、北京出版社，2016年，第31页。

有道理，然而贾珠早亡，谈不上对贾宝玉的“教育”；更严重的是，此“兄”找不到现实中的对应人物，无人知道曹雪芹之“兄”在哪里。除了“父”和“兄”的问题，还有“妇”和“子”的问题。敦诚在《挽曹雪芹（甲申）》一诗中说：“孤儿渺漠魂应逐，（前数月，伊子殇，因感伤成疾）新妇飘零目岂瞑？”[1] 针对曹雪芹与其子，胡适指出：“曹雪芹的儿子先死了，雪芹感伤成病，不久也死了。”[2] 如果说曹雪芹对应贾宝玉，那么，曹雪芹的这个儿子对应小说中的谁呢？胡适又指出：“曹雪芹死后，还有一个‘飘零’的‘新妇’。”[3] 由此，笔者想到《红楼梦》中的金陵十二钗。此书第五回出现金陵十二钗正册、副册、又副册。此回在具体展开的过程中，金陵十二钗正册的人物都提到了，但是金陵十二钗副册的人物只提到香菱，金陵十二钗又副册的人物只提到晴雯、袭人。这种设计和状况，究竟有什么寓意？对于这个问题，胡适丝毫没有谈到。然而，他曾提及《红楼梦》第一回中作者所云“念及当日所有之女子，一一细考较去”[4]；他还提及此书第一

① 敦诚：《挽曹雪芹（甲申）》，载朱一玄编《红楼梦资料汇编》，天津：南开大学出版社，1985年，第25页。

② 胡适：《跋〈红楼梦考证〉》，载胡适著《红楼梦考证》，北京：北京出版集团公司、北京出版社，2016年，第62页。

③ 胡适：《跋〈红楼梦考证〉》，载胡适著《红楼梦考证》，北京：北京出版集团公司、北京出版社，2016年，第62页。

④ 胡适：《〈红楼梦〉考证》（改定稿），载胡适著《红楼梦考证》，北京：北京出版集团公司、北京出版社，2016年，第31页。

回中作者所云“这半世亲见亲闻的这几个女子，虽不敢说强似前代书中所有之人，但观其事迹原委，亦可消愁破闷”[①]。可见，这些女子都是有鲜明指向的。如果说贾宝玉对应曹雪芹，那么，金陵十二钗正册中的林黛玉、薛宝钗、贾元春、贾探春、史湘云、妙玉、贾迎春、贾惜春、王熙凤、贾巧姐、李纨、秦可卿分别对应谁？居于金陵十二钗副册之首的香菱对应谁？居于金陵十二钗又副册前两位的晴雯、袭人分别对应谁？这些问题，胡适无法解释。如果不能逐一解释，对其中一部分问题作出有说服力的阐述也是好的。然而，这个较低的程度在胡适那里也达不到。他只是针对曹雪芹的那个“新妇”简单地说：“这是薛宝钗呢，还是史湘云呢？那就不容易猜想了。”[②] 在这种情况下，该有多少事情被埋没？对于《红楼梦》这部杰作，胡适并未进行全面、深入、系统的研究。即使如此，胡适依然轻率地断言：除了康熙帝南巡，“《红楼梦》差不多全不提起历史上的事实”[③]。胡适还笼统地认为所谓“索隐”派“不晓得《红楼梦》的真价值”，而是

① 胡适：《〈红楼梦〉考证》（改定稿），载胡适著《红楼梦考证》，北京：北京出版集团公司、北京出版社，2016 年，第 32 页。

② 胡适：《跋〈红楼梦考证〉》，载胡适著《红楼梦考证》，北京：北京出版集团公司、北京出版社，2016 年，第 62 页。

③ 胡适：《〈红楼梦〉考证》（改定稿），载胡适著《红楼梦考证》，北京：北京出版集团公司、北京出版社，2016 年，第 33 页。

"偏要用尽心思去替《红楼梦》加上一层极不自然的解释"[①]。与胡适不同，蔡孑民深刻地指明"《石头记》中有许多大事"[②]，这是值得重视的。

三、胡适将一百二十回本《红楼梦》的后四十回之作者归结为高鹗，其中包含着武断和局限

在胡适看来，一百二十回本《红楼梦》的前八十回由曹雪芹撰写，而"后四十回不是曹雪芹作的"[③]，需要另外确定人选。

清朝人程伟元有如下记载：

> 《红楼梦》小说本名《石头记》，……原目一百廿卷，今所传只八十卷，殊非全本。……爰为竭力搜罗，自藏书家甚至故纸堆中无不留心，数年以来，仅积有廿余卷。一日偶于鼓担上得十余卷，遂重价购之，欣然繙阅，见其前后起伏，尚属接筍，然漶漫不可收拾。乃同友人细加厘剔，截长补短，抄成

① 胡适：《〈红楼梦〉考证》（改定稿），载胡适著《红楼梦考证》，北京：北京出版集团公司、北京出版社，2016年，第42—43页。

② 蔡孑民：《石头记索隐第六版自序——对于胡适之先生〈红楼梦考证〉之商榷》，载中国艺术研究院红楼梦研究所、人民文学出版社编辑部编《红楼梦研究稀见资料汇编》，北京：人民文学出版社，2001年，第74页。

③ 胡适：《〈红楼梦〉考证》（改定稿），载胡适著《红楼梦考证》，北京：北京出版集团公司、北京出版社，2016年，第52页。

全部，复为镌板，以公同好，《红楼梦》全书始至是告成矣。[1]

程伟元的友人高鹗有如下记载：

予闻《红楼梦》脍炙人口者，几廿余年，然无全璧，无定本。……友人程子小泉过予，以其所购全书见示，且曰："此仆数年铢积寸累之苦心，将付剞劂公同好。子闲且惫矣，盍分任之？"予以是书虽稗官野史之流，然尚不谬于名教，欣然拜诺，正以波斯奴见宝为幸，遂襄其役。[2]

程伟元与高鹗曾共同指出：

是书前八十回，藏书家抄录传阅几三十年矣，今得后四十回合成完璧。

……

书中后四十回，系就历年所得，集腋成裘，更无他本可考。惟按其前后关照者，略为修辑，使其有应接而无矛盾。至其原文，未敢臆改，俟再得善本，更为厘定，且不欲尽掩其本来面目也。[3]

---

① 程伟元：《红楼梦序》，载朱一玄编《红楼梦资料汇编》，天津：南开大学出版社，1985 年，第 61 页。

② 高鹗：《红楼梦序》，载朱一玄编《红楼梦资料汇编》，天津：南开大学出版社，1985 年，第 61—62 页。

③ 程伟元、高鹗：《红楼梦引言》，载朱一玄编《红楼梦资料汇编》，天津：南开大学出版社，1985 年，第 62 页。

以上这些材料所说的情况，胡适是知晓的，他在《〈红楼梦〉考证》中都提到过，然而他对其中关于小说八十回以后的四十回之说法不以为然。胡适强调，程伟元“说先得二十余卷，后又在鼓担上得十余卷。此话便是作伪的铁证，因为世间没有这样奇巧的事”[①]。其实，胡适这样讲并无真正的根据。

为了说明《红楼梦》八十回以后的四十回之作者问题，胡适在《〈红楼梦〉考证》中引用了清朝人俞樾的记载：

> 《船山诗草》有“赠高兰墅鹗同年”一首云：“艳情人自说《红楼》。”注云：“《红楼梦》八十回以后，俱兰墅所补。”然则此书非出一手。按乡会试增五言八韵诗，始乾隆朝。而书中叙科场事已有诗，则其为高君所补，可证矣。[②]

胡适认为：“俞氏这一段话极重要。他不但证明了……高鹗是实有其人，还使我们知道《红楼梦》后四十回是高鹗补的。”[③] 这里的“补”，在胡适的论证中被解释为“补作”[④]，

---

① 胡适：《〈红楼梦〉考证》（改定稿），载胡适著《红楼梦考证》，北京：北京出版集团公司、北京出版社，2016 年，第 52 页。

② 胡适：《〈红楼梦〉考证》（改定稿），载胡适著《红楼梦考证》，北京：北京出版集团公司、北京出版社，2016 年，第 49 页。

③ 胡适：《〈红楼梦〉考证》（改定稿），载胡适著《红楼梦考证》，北京：北京出版集团公司、北京出版社，2016 年，第 49 页。

④ 胡适：《〈红楼梦〉考证》（改定稿），载胡适著《红楼梦考证》，北京：北京出版集团公司、北京出版社，2016 年，第 51—52 页。

此语出现五次之多。于是，《红楼梦》一百二十回中的后四十回之作者被确定为高鹗。这个判断有一个前提条件，那就是一百二十回的前八十回之作者被确定为曹雪芹。然而，这个前提条件存在许多漏洞，将八十回以后的四十回归结为高鹗撰写之做法也是需要存疑的。人民文学出版社出版的《红楼梦》，曾将一百二十回中的后四十回之作者确认为“高鹗”，然而近年已经改为“无名氏”；此种变化，体现了严谨负责的科学态度，这是进而非退。

对于《红楼梦》一百二十回中的后四十回，胡适评价说：“高鹗补的四十回，虽然比不上前八十回，也确然有不可埋没的好处。他写司棋之死，写鸳鸯之死，写妙玉的遭劫，写凤姐的死，写袭人的嫁，都是很有精采的小品文字。最可注意的是这些人都写作悲剧的下场。还有那最重要的‘木石前盟’一件公案，高鹗居然忍心害理的教黛玉病死，教宝玉出家，做一个大悲剧的结束，打破中国小说的团圆迷信。这一点悲剧的眼光，不能不令人佩服。我们试看高鹗以后，那许多‘续红楼梦’和‘补红楼梦’的人，那一人不是想把黛玉、晴雯都从棺材里扶出来，重新配给宝玉？那一个不是想作一部‘团圆’的《红楼梦》的？我们这样退一步想，就不能不佩服高鹗的补本了。我们不但佩服，还应该感谢他，因为他这部悲剧的补本，靠着那个‘鼓担’的神话，居然打倒了后来无数的团圆《红楼梦》，居然替中国文字保存了一部有悲剧下场的小说!”[1] 胡适从悲剧角度看待八十回以后的四十回，这固然有其高明之处，然而更重要的事情则是切实认清八十回和四十回的真正关系。

① 胡适:《〈红楼梦〉考证》(改定稿)，载胡适著《红楼梦考证》，北京：北京出版集团公司、北京出版社，2016 年，第 54 页。

第三章 脂砚斋评本之发现对胡适《〈红楼梦〉考证》的无形冲击

胡适在完成《〈红楼梦〉考证》以后，于1927年以重价购得《脂砚斋重评〈石头记〉》的甲戌本；1933年，胡适得见《脂砚斋重评〈石头记〉》的庚辰本；再后来，胡适曾提及《脂砚斋重评〈石头记〉》的己卯本，然而他“没有见过”[①]。胡适认为，甲戌本、己卯本、庚辰本是“三个最古的脂砚斋评本”[②]。今人知道的脂评本，已经很多。笔者依托脂评本，特别是胡适见过的甲戌本和庚辰本，进行一些探讨和分析。

① 胡适：《跋乾隆甲戌〈脂砚斋重评石头记〉影印本》，载胡适著《红楼梦考证》，北京：北京出版集团公司、北京出版社，2016年，第171页。

② 胡适：《跋乾隆甲戌〈脂砚斋重评石头记〉影印本》，载胡适著《红楼梦考证》，北京：北京出版集团公司、北京出版社，2016年，第185页。

一、脂评本清晰地显示小说的隐语类型，由此可冲击胡适关于《红楼梦》并非谜学的观点

脂评本批语不止一次地强调小说正文存在“隐语”。更重要的是，有大量批语对相关隐语作出解释。下面，笔者对甲戌本批语和庚辰本批语所解释的隐语进行分类。

有些隐语，表面的语言和影射的语言存在发音相同或相似的关系。先来看甲戌本的一些例子。在第一回中，“十里”相关于“势利”①，“英莲”相关于“应怜”②，“姓贾名化”相关于“假话”，“时飞”相关于“实非”③，“霍启”相关于“祸起”④，“封肃”相关于“风俗”⑤；在第二回中，“娇杏”相关于“侥幸”⑥；在第四回中，“雪”相关于“薛”⑦，“冯

① 《脂砚斋重评石头记》(甲戌本)，载刘世德、陈庆浩、石昌渝主编《古本小说丛刊》第40辑，北京：中华书局，1991年，第2212页。

② 《脂砚斋重评石头记》(甲戌本)，载刘世德、陈庆浩、石昌渝主编《古本小说丛刊》第40辑，北京：中华书局，1991年，第2213页。

③ 《脂砚斋重评石头记》(甲戌本)，载刘世德、陈庆浩、石昌渝主编《古本小说丛刊》第40辑，北京：中华书局，1991年，第2219页。

④ 《脂砚斋重评石头记》(甲戌本)，载刘世德、陈庆浩、石昌渝主编《古本小说丛刊》第40辑，北京：中华书局，1991年，第2226页。

⑤ 《脂砚斋重评石头记》(甲戌本)，载刘世德、陈庆浩、石昌渝主编《古本小说丛刊》第40辑，北京：中华书局，1991年，第2228页。

⑥ 《脂砚斋重评石头记》(甲戌本)，载刘世德、陈庆浩、石昌渝主编《古本小说丛刊》第40辑，北京：中华书局，1991年，第2238页。

⑦ 《脂砚斋重评石头记》(甲戌本)，载刘世德、陈庆浩、石昌渝主编《古本小说丛刊》第40辑，北京：中华书局，1991年，第2300页。

渊”相关于“冤孽相逢”①；在第五回中，“窟”相关于“哭”②，“杯”相关于“悲”③；在第七回中，“香菱”相关于“相怜”④，“余信”相关于“愚性”⑤；在第八回中，“吴新登”相关于“无星戥”，“戴良”相关于“大量”⑥，“秦业”相关于“情孽”⑦；在第十四回中，“陈”相关于“辰”⑧，“石”相关于“豕”⑨；在第二十六回中，“坠”相关于“赘”⑩；在第二十八回中，“剔银”相关于“袭人”⑪。再来看庚辰本的两个例子。在第三十七回中，“宋”相关于“送”⑫；

---

① 《脂砚斋重评石头记》（甲戌本），载刘世德、陈庆浩、石昌渝主编《古本小说丛刊》第40辑，北京：中华书局，1991年，第2301页。

② 《脂砚斋重评石头记》（甲戌本），载刘世德、陈庆浩、石昌渝主编《古本小说丛刊》第40辑，北京：中华书局，1991年，第2339页。

③ 《脂砚斋重评石头记》（甲戌本），载刘世德、陈庆浩、石昌渝主编《古本小说丛刊》第40辑，北京：中华书局，1991年，第2340页。

④ 《脂砚斋重评石头记》（甲戌本），载刘世德、陈庆浩、石昌渝主编《古本小说丛刊》第40辑，北京：中华书局，1991年，第2392页。

⑤ 《脂砚斋重评石头记》（甲戌本），载刘世德、陈庆浩、石昌渝主编《古本小说丛刊》第40辑，北京：中华书局，1991年，第2397页。

⑥ 《脂砚斋重评石头记》（甲戌本），载刘世德、陈庆浩、石昌渝主编《古本小说丛刊》第40辑，北京：中华书局，1991年，第2421页。

⑦ 《脂砚斋重评石头记》（甲戌本），载刘世德、陈庆浩、石昌渝主编《古本小说丛刊》第40辑，北京：中华书局，1991年，第2445页。

⑧ 《脂砚斋重评石头记》（甲戌本），载刘世德、陈庆浩、石昌渝主编《古本小说丛刊》第40辑，北京：中华书局，1991年，第2469页。

⑨ 《脂砚斋重评石头记》（甲戌本），载刘世德、陈庆浩、石昌渝主编《古本小说丛刊》第40辑，北京：中华书局，1991年，第2470页。

⑩ 《脂砚斋重评石头记》（甲戌本），载刘世德、陈庆浩、石昌渝主编《古本小说丛刊》第40辑，北京：中华书局，1991年，第2589页。

⑪ 《脂砚斋重评石头记》（甲戌本），载刘世德、陈庆浩、石昌渝主编《古本小说丛刊》第40辑，北京：中华书局，1991年，第2670页。

⑫ 古本小说集成编辑委员会编：《脂砚斋重评石头记》（庚辰本），上海：上海古籍出版社，1992年，第849页。

在第五十一回中，“朔”相关于“韶”[①]。

有些隐语，表面的语言和影射的语言存在字形相同或相近的关系。先来看甲戌本的一些例子。在第一回中，“大荒山”相关于“荒唐”[②]，前者和后者都出现“荒”；“大如州”相关于“大概如此”[③]，前者和后者都出现“大”“如”。在第七回中，“十二”相关于“十二钗”[④]，前者和后者都出现“十二”。在第十四回中，“栁”相关于“卯”[⑤]，“栁”就是古代的“柳”，“栁”在写法上与“卯”有相近之处；“彪”相关于“虎”[⑥]，前者内含后者。再来看庚辰本的一些例子。在第三十九回中，小厮将平儿称为“姑娘”，这相关于北俗的“姑姑”和南俗的“娘娘”[⑦]，“姑娘”二字在“姑姑”“娘娘”中得到分解和叠用；在第五十二回中，篆儿将晴雯称为

① 古本小说集成编辑委员会编：《脂砚斋重评石头记》（庚辰本），上海：上海古籍出版社，1992年，第1198页。

② 《脂砚斋重评石头记》（甲戌本），载刘世德、陈庆浩、石昌渝主编《古本小说丛刊》第40辑，北京：中华书局，1991年，第2203页。

③ 《脂砚斋重评石头记》（甲戌本），载刘世德、陈庆浩、石昌渝主编《古本小说丛刊》第40辑，北京：中华书局，1991年，第2228页。

④ 《脂砚斋重评石头记》（甲戌本），载刘世德、陈庆浩、石昌渝主编《古本小说丛刊》第40辑，北京：中华书局，1991年，第2390页。

⑤ 《脂砚斋重评石头记》（甲戌本），载刘世德、陈庆浩、石昌渝主编《古本小说丛刊》第40辑，北京：中华书局，1991年，第2469页。

⑥ 《脂砚斋重评石头记》（甲戌本），载刘世德、陈庆浩、石昌渝主编《古本小说丛刊》第40辑，北京：中华书局，1991年，第2469页。

⑦ 古本小说集成编辑委员会编：《脂砚斋重评石头记》（庚辰本），上海：上海古籍出版社，1992年，第886页。

"姑娘"，这相关于北俗的"姑姑"和南俗的"娘娘"[1]，此道理同于第三十九回中的那个例子；在第五十八回中，"孝慈县"属于"随事命名"[2]，"孝慈"直通；在第七十九回中，"大同府"相关于"大概相同"[3]，前者和后者都出现"大""同"。

有些隐语，表面的语言和影射的语言存在含义相同或相通的关系。先来看甲戌本的几个例子。在第一回中，"绛珠"相关于"血泪"[4]，"绛"和"血"都能体现"红"，"珠"和"泪"能够连成"泪珠"；在第十四回中，"晓鸣"相关于"鸡"[5]，公鸡本能地会报晓；在第十五回中，"金哥"相关于"财"[6]，金子当然是财富；在第十六回中，"世面"相关于"女色"[7]，色直接存在于面上。至于庚辰本，也有类似的例子。在第四十六回中，"金彩"相关于"鸳鸯"，二者有"因

---

① 古本小说集成编辑委员会编：《脂砚斋重评石头记》（庚辰本），上海：上海古籍出版社，1992 年，第 1216 页。

② 古本小说集成编辑委员会编：《脂砚斋重评石头记》（庚辰本），上海：上海古籍出版社，1992 年，第 1361 页。

③ 古本小说集成编辑委员会编：《脂砚斋重评石头记》（庚辰本），上海：上海古籍出版社，1992 年，第 1868 页。

④《脂砚斋重评石头记》（甲戌本），载刘世德、陈庆浩、石昌渝主编《古本小说丛刊》第 40 辑，北京：中华书局，1991 年，第 2214 页。

⑤《脂砚斋重评石头记》（甲戌本），载刘世德、陈庆浩、石昌渝主编《古本小说丛刊》第 40 辑，北京：中华书局，1991 年，第 2469—2470 页。

⑥《脂砚斋重评石头记》（甲戌本），载刘世德、陈庆浩、石昌渝主编《古本小说丛刊》第 40 辑，北京：中华书局，1991 年，第 2507 页。

⑦《脂砚斋重评石头记》（甲戌本），载刘世德、陈庆浩、石昌渝主编《古本小说丛刊》第 40 辑，北京：中华书局，1991 年，第 2526 页。

文而生文”[①] 的关系。

有些隐语，表面的语言和影射的语言在音、形或义上存在的关联不止一种。先来看甲戌本的例子。在第一回中，“青埂”相关于“情根”[②]：“青”在发音上与“情”相谐，“埂”在发音上与“根”相似；“青”在写法上与“情”有相同之处，“埂”在写法上与“根”有相似之处。又是在第一回中，“仁清”相关于“人情”[③]：“仁”“清”在发音上分别与“人”“情”相谐；“仁”在写法上与“人”有相似之处，“清”在写法上与“情”有相同之处。仍是在第一回中，“葫芦”相关于“糊涂”[④]：“葫”在发音上与“糊”相谐，“芦”在发音上与“涂”同韵；“葫”在写法上与“糊”有相同之处。还是在第一回中，“雨村”相关于“村言粗语”[⑤]：“雨”在发音上与“语”相谐，“村”则直通。在第二回中，“元”“迎”“探”“惜”，相关于“原”“应”“叹”“息”[⑥]：“元”

① 古本小说集成编辑委员会编：《脂砚斋重评石头记》（庚辰本），上海：上海古籍出版社，1992 年，第 1065 页。

② 《脂砚斋重评石头记》（甲戌本），载刘世德、陈庆浩、石昌渝主编《古本小说丛刊》第 40 辑，北京：中华书局，1991 年，第 2203 页。

③ 《脂砚斋重评石头记》（甲戌本），载刘世德、陈庆浩、石昌渝主编《古本小说丛刊》第 40 辑，北京：中华书局，1991 年，第 2212 页。

④ 《脂砚斋重评石头记》（甲戌本），载刘世德、陈庆浩、石昌渝主编《古本小说丛刊》第 40 辑，北京：中华书局，1991 年，第 2212 页。

⑤ 《脂砚斋重评石头记》（甲戌本），载刘世德、陈庆浩、石昌渝主编《古本小说丛刊》第 40 辑，北京：中华书局，1991 年，第 2219 页。

⑥ 《脂砚斋重评石头记》（甲戌本），载刘世德、陈庆浩、石昌渝主编《古本小说丛刊》第 40 辑，北京：中华书局，1991 年，第 2257 页。

"迎""探""惜"，在发音上分别与"原""应""叹""息"相谐；"惜"在写法上与"息"有相似之处；"元"在含义上与"原"相通。在第三回中，"如圭"相关于"如鬼"[①]："如"直通，"圭"在发音上与"鬼"相谐。在第八回中，"詹光"相关于"沾光"[②]："詹"在发音上与"沾"相谐，"光"则直通。又是在第八回中，"单聘仁"相关于"善于骗人"[③]："单"在发音上与"善"相谐，"聘"在发音上与"骗"有相似之处，"仁"在发音上与"人"相谐；"单"的繁体"單"在写法上与"善"有相似之处，"仁"在写法上与"人"有相似之处。在第十四回中，"魁"相关于"鬼"[④]："魁"在发音上与"鬼"同韵，"魁"在写法上与"鬼"有相同之处。又是在第十四回中，"侯"相关于"猴"[⑤]："侯"在发音上与"猴"相谐，"侯"在写法上与"猴"有相似之处。再来看庚辰本的例子。在第十二回中，"铁槛寺"相关于"铁

① 《脂砚斋重评石头记》（甲戌本），载刘世德、陈庆浩、石昌渝主编《古本小说丛刊》第40辑，北京：中华书局，1991年，第2261页。

② 《脂砚斋重评石头记》（甲戌本），载刘世德、陈庆浩、石昌渝主编《古本小说丛刊》第40辑，北京：中华书局，1991年，第2421页。

③ 《脂砚斋重评石头记》（甲戌本），载刘世德、陈庆浩、石昌渝主编《古本小说丛刊》第40辑，北京：中华书局，1991年，第2421页。

④ 《脂砚斋重评石头记》（甲戌本），载刘世德、陈庆浩、石昌渝主编《古本小说丛刊》第40辑，北京：中华书局，1991年，第2469页。

⑤ 《脂砚斋重评石头记》（甲戌本），载刘世德、陈庆浩、石昌渝主编《古本小说丛刊》第40辑，北京：中华书局，1991年，第2469页。

门限”[①]：“铁”直通，“槛”在含义上与“门限”相通。在第二十四回中，“卜世仁”相关于“不是人”[②]：“卜”“世”“仁”在发音上分别与“不”“是”“人”相谐；“卜”在写法上与“不”有相同之处，“仁”在写法上与“人”有相似之处。又是在第二十四回中，“红玉”相关于“绛珠”“黛玉”[③]：“红”在含义上与“绛”相通，“玉”则直通。

有些隐语，表面的语言和影射的语言在音、形或义上没有直接关系。现在举一个最简洁、最明显的例子。在甲戌本第一回中，“姑苏”暗指“金陵”[④]：它们完全是两个不同的地名，在这里联系在一起了。

有些隐语，呈现比较复杂或非常复杂的状态。先来看甲戌本的例子。在第五回中，针对“玉带林中挂，金簪雪里埋”，有批语说：“寓意深远，皆非生其地之意。”[⑤] 再来看庚辰本的例子。在第十五回中，针对“宝玉不知与秦钟算何账目，未见真切，未曾记得，此系疑案，不敢纂创”，有批语

---

① 古本小说集成编辑委员会编：《脂砚斋重评石头记》（庚辰本），上海：上海古籍出版社，1992年，第264页。

② 古本小说集成编辑委员会编：《脂砚斋重评石头记》（庚辰本），上海：上海古籍出版社，1992年，第532—533页。

③ 古本小说集成编辑委员会编：《脂砚斋重评石头记》（庚辰本），上海：上海古籍出版社，1992年，第550页。

④ 《脂砚斋重评石头记》（甲戌本），载刘世德、陈庆浩、石昌渝主编《古本小说丛刊》第40辑，北京：中华书局，1991年，第2212页。

⑤ 《脂砚斋重评石头记》（甲戌本），载刘世德、陈庆浩、石昌渝主编《古本小说丛刊》第40辑，北京：中华书局，1991年，第2332页。

说："如此隐去"，"这方是世人意料不到之大奇笔"，"是最妙之文"[①]。在第七十一回中，王熙凤对贾母道："共有十六家有围屏，十二架大的，四架小的炕屏。内中只有江南甄家一架大屏十二扇，大红缎子缂丝满床笏，一面是泥金百寿图的，是头等的。"针对这里提到的"江南甄家"，有批语说："好一提甄事。盖真事欲显，假事将尽。"[②] 在第七十九回中，有"薛文龙悔娶河东狮"的故事。所谓"河东狮"，相关于"桂花夏家"。与这些情况相联系，有批语说："夏日何得有桂？又，桂花时节焉得又有雪？三是原系风马牛，今若强凑合，故终不相符。来此败运之事大都如此，当局者自不解耳。"[③]

综上所述，《红楼梦》里存在着形形色色的"谜"。甲戌本有批语说，正文中"不少"地方呈现"烟云模糊处，观者万不可被作者瞒蔽了去，方是巨眼"[④]。庚辰本有批语说："《石头记》总于没要紧处闲三二笔，写正文筋骨，看官当用

---

① 古本小说集成编辑委员会编：《脂砚斋重评石头记》（庚辰本），上海：上海古籍出版社，1992 年，第 314—315 页。

② 古本小说集成编辑委员会编：《脂砚斋重评石头记》（庚辰本），上海：上海古籍出版社，1992 年，第 1639 页。

③ 古本小说集成编辑委员会编：《脂砚斋重评石头记》（庚辰本），上海：上海古籍出版社，1992 年，第 1873 页。

④ 《脂砚斋重评石头记》（甲戌本），载刘世德、陈庆浩、石昌渝主编《古本小说丛刊》第 40 辑，北京：中华书局，1991 年，第 2212 页。

巨眼，不为彼瞒过方好。”[①] 庚辰本又有批语说：“《石头记》用截法、岔法、突然法、伏线法、由近渐远法、将繁改简法、重作轻抹法、虚敲实应法种种诸法，总在人意料之外，且不曾见一丝牵强，所谓‘信手拈来无不是’是也。”[②] 庚辰本还有批语说：“《石头记》每用囫囵语处，无不精绝奇绝，且总不觉相犯”[③]；“《石头记》中多作心传神会之文，不必道明，一道明白便入庸俗之套”[④]；“若通部中万万件细微之事俱备，《石头记》真亦觉太死板矣”[⑤]。在该小说中，有些隐语比较直观和浅显，有些隐语比较迂回和深奥；相当多的时间、地点、人物借助隐语为载体，相当多的事情之起因、经过、结果通过隐语来表现；隐语具有关键性、广泛性、固着性、导向性，支撑着这部百科全书的大厦。完全可以说，《红楼梦》是一门不折不扣、千真万确的“谜学”。

虽然《红楼梦》堪称“谜学”，但是胡适的《〈红楼梦〉考证》在批评这部小说之“索隐”派的基础上宣称：“我们若

---

① 古本小说集成编辑委员会编：《脂砚斋重评石头记》（庚辰本），上海：上海古籍出版社，1992 年，第 307—308 页。

② 古本小说集成编辑委员会编：《脂砚斋重评石头记》（庚辰本），上海：上海古籍出版社，1992 年，第 615—616 页。

③ 古本小说集成编辑委员会编：《脂砚斋重评石头记》（庚辰本），上海：上海古籍出版社，1992 年，第 462 页。

④ 古本小说集成编辑委员会编：《脂砚斋重评石头记》（庚辰本），上海：上海古籍出版社，1992 年，第 334 页。

⑤ 古本小说集成编辑委员会编：《脂砚斋重评石头记》（庚辰本），上海：上海古籍出版社，1992 年，第 315 页。

想真正了解《红楼梦》，必须先打破这种种牵强附会的《红楼梦》谜学！”[①] 胡适认为《红楼梦》与“谜学”无缘，这是重大错误；胡适强调“索隐”派“牵强附会”，倒有合理之处。在他看来，“索隐”派“收罗许多不相干的零碎史事来附会《红楼梦》里的情节”[②]，其中的蔡孑民则呈现“完全任意的去取，实在没有道理”[③]。应该承认，“索隐”派研究《红楼梦》，确实于一定程度上存在胡适指出的情况，由此造成不少混乱。虽然如此，但是也不能将胡适的批评绝对化。作为“索隐”派代表人物之一的蔡孑民，承认自己的《〈石头记〉索隐》有可能存在问题。然而，他又认为，此书中的姓名关系之探讨“即使不确，亦未能抹杀全书。况胡先生所谥为笨谜者，正是中国文人习惯”[④]。蔡孑民还借用胡适的话语，批评胡适《〈红楼梦〉考证》“任意去取没有道理”[⑤]。应该说，蔡孑民这个批评是很中肯的。需要说明的是，前文所说脂评

---

① 胡适：《〈红楼梦〉考证》（改定稿），载胡适著《红楼梦考证》，北京：北京出版集团公司、北京出版社，2016 年，第 14—15 页。

② 胡适：《〈红楼梦〉考证》（改定稿），载胡适著《红楼梦考证》，北京：北京出版集团公司、北京出版社，2016 年，第 1 页。

③ 胡适：《〈红楼梦〉考证》（改定稿），载胡适著《红楼梦考证》，北京：北京出版集团公司、北京出版社，2016 年，第 10 页。

④ 蔡孑民：《石头记索隐第六版自序——对于胡适之先生〈红楼梦考证〉之商榷》，载中国艺术研究院红楼梦研究所、人民文学出版社编辑部编《红楼梦研究稀见资料汇编》，北京：人民文学出版社，2001 年，第 73 页。

⑤ 蔡孑民：《石头记索隐第六版自序——对于胡适之先生〈红楼梦考证〉之商榷》，载中国艺术研究院红楼梦研究所、人民文学出版社编辑部编《红楼梦研究稀见资料汇编》，北京：人民文学出版社，2001 年，第 74 页。

甲戌本有批语将正文中的“娇杏”联系于“侥幸”，这种做法就曾出现在蔡元培《〈石头记〉索隐》之中；这个例子虽然简单，但是具有一定说服力。研究《红楼梦》，需要高度重视隐语，必须切实破解隐语，否则一切都无从谈起。在这方面，胡适《〈红楼梦〉考证》是极为欠缺的。

二、脂评本迂回地宣布小说作者密切联系于石头，由此可冲击胡适关于《红楼梦》由曹雪芹原创的观点

脂评甲戌本的“凡例”有这样的话语：“作者自云：‘因曾历过一番梦幻之后，……而撰此《石头记》一书也。’”① “曰《石头记》，是自譬石头所记之事也。”② 甲戌本第一回正文说：“空空道人……将这《石头记》……抄录回来问世传奇。……改《石头记》为《情僧录》。至吴玉峰题曰《红楼梦》。东鲁孔梅溪则题曰《风月宝鉴》。后因曹雪芹于悼红轩中披阅十载，增删五次，纂成目录，分出章回，则题曰《金陵十二钗》。”③ 与此相衔接，有批语说：“若云雪芹披阅增删，

① 《脂砚斋重评石头记》（甲戌本），载刘世德、陈庆浩、石昌渝主编《古本小说丛刊》第 40 辑，北京：中华书局，1991 年，第 2199 页。

② 《脂砚斋重评石头记》（甲戌本），载刘世德、陈庆浩、石昌渝主编《古本小说丛刊》第 40 辑，北京：中华书局，1991 年，第 2197 页。

③ 《脂砚斋重评石头记》（甲戌本），载刘世德、陈庆浩、石昌渝主编《古本小说丛刊》第 40 辑，北京：中华书局，1991 年，第 2210—2211 页。

然则开卷至此这一篇楔子又系谁撰？足见作者之笔，狡猾之甚。"[①] 此批语在"雪芹披阅增删"六字之前冠以"若云"二字，宛如意味着曹雪芹不是《红楼梦》的增删者；此批语又提及"作者之笔，狡猾之甚"，好像进一步证明曹雪芹是《红楼梦》的撰写者。甲戌本第一回确实有批语说"雪芹撰此书"[②]，似乎正式确认了曹雪芹是《红楼梦》的原创者。

在脂评甲戌本第五回的红楼梦歌词中，"红楼梦引子"开端即说："开辟鸿蒙，谁为情种？"针对此话，有批语说："非作者为谁？余又曰：亦非作者，乃石头耳。"[③] 所谓"非作者为谁"，宛如意味着"开辟鸿蒙，谁为情种"是对作者的描述；所谓"亦非作者，乃石头耳"，好像意味着"开辟鸿蒙，谁为情种"不是对作者的描述，而是对石头的描述。于是，出现了矛盾。在甲戌本第五回中，又有批语说："石头即作者耳。"[④] 这个批语能够化解前述批语的矛盾，似乎正式确认了石头是《红楼梦》的原创者。

甲戌本批语似乎正式确认了曹雪芹是《红楼梦》的原创

---

① 《脂砚斋重评石头记》（甲戌本），载刘世德、陈庆浩、石昌渝主编《古本小说丛刊》第 40 辑，北京：中华书局，1991 年，第 2212 页。

② 《脂砚斋重评石头记》（甲戌本），载刘世德、陈庆浩、石昌渝主编《古本小说丛刊》第 40 辑，北京：中华书局，1991 年，第 2222 页。

③ 《脂砚斋重评石头记》（甲戌本），载刘世德、陈庆浩、石昌渝主编《古本小说丛刊》第 40 辑，北京：中华书局，1991 年，第 2341 页。

④ 《脂砚斋重评石头记》（甲戌本），载刘世德、陈庆浩、石昌渝主编《古本小说丛刊》第 40 辑，北京：中华书局，1991 年，第 2341 页。

者，又似乎正式确认了石头是《红楼梦》的原创者，那么，《红楼梦》的原创者到底是“曹雪芹”还是“石头”呢？究竟是“曹雪芹”假托“石头”，还是“石头”假托“曹雪芹”呢？

胡适在《〈红楼梦〉考证》中认为，“大概‘石头’……是曹雪芹假托的缘起”①。其实，无论甲戌本“凡例”，还是甲戌本批语，都有确认“石头”是作者的表述；在这方面“曹雪芹”是有差距的，况且小说正文将“曹雪芹”的作用与“增删”联系起来。鉴于这些情况，可以将作者的“天平”倾向于“石头”。如果真有一个叫“曹雪芹”的人撰写了《红楼梦》，而且他在这部小说的正文中披露了自己的真名，那么，他又有什么必要将自己的作用归结为“增删”，同时还假托其他名字呢？如果这样做，岂不是此地无银三百两吗？在作为“谜学”的《红楼梦》中，作者绝对不可能将自己的真名写出来，这个道理本是常识。当然，所谓“曹雪芹”会与小说作者存在一定关联，而所谓“石头”也具有艺术设计的成分；不过，与“曹雪芹”相比，“石头”更加具有特殊性，它应该而且能够更直接、更集中、更鲜明地体现作者的某些重要情况和基本特征。在这种意义上，可以说“石头”就是《红楼梦》作者。

---

① 胡适：《〈红楼梦〉考证》（改定稿），载胡适著《红楼梦考证》，北京：北京出版集团公司、北京出版社，2016 年，第 15 页。

如果说“石头”是《红楼梦》作者，那么，脂评本里那些批语又是谁写的呢？批者与小说作者有着怎样的关系呢？在脂评本里，批者的署名有多个，其中脂砚斋的批语最多。下面，笔者依托脂砚斋的一些批语进行一番探讨。

在庚辰本第二十回中，针对“宝玉在麝月身后，麝月对镜，二人在镜内相视”，脂砚斋有批语说：“此系石兄得意处。”[①] 在这里，“石兄”与贾宝玉直接联系起来。在小说第一回中，空空道人将那块被赋予作者身份的“石头”称作“石兄”[②]。所谓“石兄得意处”，就是作者得意处，也是贾宝玉得意处。解决脂砚斋与作者的关系，也是解决脂砚斋与贾宝玉的关系。

在甲戌本第一回中，绛珠仙子向警幻仙子道：“他是甘露之惠，我并无此水可还；他既下世为人，我也去下世为人，但把我一生所有的眼泪还他，也偿还得过他了。”针对这些话，脂砚斋有批语说：“知眼泪还债，大都作者一人耳。余亦知此意，但不能说得出。”[③] 对于贾宝玉和林黛玉的特殊关系，作为贾宝玉原型的作者当然知道；脂砚斋认为“知眼泪还债，大都作者一人耳”，这样的表述并不过分。然而，脂砚斋还强

---

① 古本小说集成编辑委员会编：《脂砚斋重评石头记》（庚辰本），上海：上海古籍出版社，1992 年，第 439 页。

② 古本小说集成编辑委员会编：《脂砚斋重评石头记》（庚辰本），上海：上海古籍出版社，1992 年，第 6 页。

③ 《脂砚斋重评石头记》（甲戌本），载刘世德、陈庆浩、石昌渝主编《古本小说丛刊》第 40 辑，北京：中华书局，1991 年，第 2214—2215 页。

调“余亦知此意”，似乎与前面的表述相矛盾。这些情况，使人觉得脂砚斋与作者非常相像；也就是说，脂砚斋与贾宝玉原型非常相像。

现在需要重新回到庚辰本第二十回。在这一回中，林黛玉与贾宝玉有这样的对话：“林黛玉啐道：‘……我为的是我的心。’宝玉道：‘我也为的是你的心。难道你就知你的心，不知我的心不成？’”与此相衔接，脂砚斋有批语说，对于贾宝玉、林黛玉的话，“观者不解”，“作者亦未必解”①。强调“观者不解”，这还讲得通；强调“作者亦未必解”，这不合逻辑。脂砚斋如此表述，却没有说脂砚斋自己不解或未必解，似乎脂砚斋才理解贾宝玉、林黛玉的那些话。这些情况，使人觉得脂砚斋比作者还像作者；也就是说，脂砚斋比贾宝玉原型还像贾宝玉原型。

从脂砚斋与作者非常相像，到脂砚斋比作者还像作者，结果只能有一种判断：脂砚斋就是作者本人，或者说脂砚斋就是贾宝玉原型。如果不是这样，那些令人困惑的现象就无法解释。从该判断出发，能够理解庚辰本第二十五回中脂砚斋的这个批语：“二玉之配偶，在贾府上下诸人，即观者、批者、作者，皆为无疑”②。在此处，作者、批者乃至观者被作

① 古本小说集成编辑委员会编：《脂砚斋重评石头记》（庚辰本），上海：上海古籍出版社，1992 年，第 447 页。

② 古本小说集成编辑委员会编：《脂砚斋重评石头记》（庚辰本），上海：上海古籍出版社，1992 年，第 568 页。

为一个整体，而且这个整体与贾府上下诸人等同起来了。这种情况，意味着作者及其身边之人就是书中的贾宝玉及其身边之人，即脂砚斋及其身边之人就是书中的贾宝玉及其身边之人。

行文至此，有必要考察一下胡适对脂砚斋与小说作者之关系的认识。胡适在得到甲戌本以后，认为所谓“脂砚斋”乃是作者“很亲的族人”[①]，大概是作者的“嫡堂弟兄或从堂弟兄”[②]。胡适在见到庚辰本以后，又认为“‘脂砚’只是那块爱吃胭脂的顽石”[③]，“脂砚斋即是《红楼梦》的主人”[④]；与这些话相贯通，胡适强调“所谓‘脂砚斋评本’即是指那原有作者评注的底本”[⑤]。在此处，胡适正式而鲜明地将脂砚斋等同于《红楼梦》作者了，这属于重大的判断和巨大的前进。

虽然胡适逐步做到将脂砚斋等同于小说作者，但他一直

---

① 胡适：《考证〈红楼梦〉的新材料》，载胡适著《红楼梦考证》，北京：北京出版集团公司、北京出版社，2016 年，第 78 页。

② 胡适：《考证〈红楼梦〉的新材料》，载胡适著《红楼梦考证》，北京：北京出版集团公司、北京出版社，2016 年，第 79 页。

③ 胡适：《跋乾隆庚辰本〈脂砚斋重评石头记〉抄本》，载胡适著《红楼梦考证》，北京：北京出版集团公司、北京出版社，2016 年，第150 页。

④ 胡适：《跋乾隆庚辰本〈脂砚斋重评石头记〉抄本》，载胡适著《红楼梦考证》，北京：北京出版集团公司、北京出版社，2016 年，第149 页。

⑤ 胡适：《跋乾隆庚辰本〈脂砚斋重评石头记〉抄本》，载胡适著《红楼梦考证》，北京：北京出版集团公司、北京出版社，2016 年，第151—152 页。

坚信“雪芹是作者”[①]。甲戌本第一回有批语说：“雪芹旧有《风月宝鉴》之书，乃其弟棠村序也。”[②] 这个表述，有别于第一回正文所说“东鲁孔梅溪……题曰《风月宝鉴》”。胡适认为，“《风月宝鉴》乃是雪芹作《红楼梦》的初稿，有其弟棠村作序”，而第一回正文“不说曹棠村而用‘东鲁孔梅溪’之名，不过是故意做狡狯。梅溪似是棠村的别号，此有二层根据：第一，雪芹号芹溪，脂本屡称芹溪，与梅溪正同行列。第二，第十三回‘三春去后诸芳尽，各自须寻各自门’二句上，脂本有一条眉评云：‘不必看完，见此二句，即欲堕泪。梅溪。’顾颉刚先生疑此即是所谓‘东鲁孔梅溪’。我以为此即是雪芹之弟棠村”[③]。其实，这些表述有多处硬伤。如果说《风月宝鉴》是小说的初稿，《石头记》《情僧录》又该分别是什么稿？定稿叫《红楼梦》，还是叫《金陵十二钗》？胡适说“雪芹号芹溪，脂本屡称芹溪”，然而在此前，胡适曾根据敦诚有关诗作判定“曹雪芹又号芹圃”[④]；很明显，敦诚笔下的“芹圃”有别于脂评本中的“芹溪”，敦诚笔下的“芹圃”

① 胡适：《跋乾隆庚辰本〈脂砚斋重评石头记〉抄本》，载胡适著《红楼梦考证》，北京：北京出版集团公司、北京出版社，2016 年，第150 页。

② 《脂砚斋重评石头记》（甲戌本），载刘世德、陈庆浩、石昌渝主编《古本小说丛刊》第 40 辑，北京：中华书局，1991 年，第 2211 页。

③ 胡适：《考证〈红楼梦〉的新材料》，载胡适著《红楼梦考证》，北京：北京出版集团公司、北京出版社，2016 年，第 77 页。

④ 胡适：《跋〈红楼梦考证〉》，载胡适著《红楼梦考证》，北京：北京出版集团公司、北京出版社，2016 年，第 61 页。

从来没有出现在脂评本中，脂评本中的“芹溪”从来没有出现在敦诚笔下。虽然如此，但是胡适仍然拿“芹溪”言事。在胡适心目中，“芹溪”是“棠村”的哥哥，“梅溪似是棠村的别号”；“芹溪”之称谓，“与梅溪正同行列”。如果说“芹溪”与“梅溪”都存在“溪”字，“雪芹”与“棠村”又该怎样对应呢？现在很多人都知道，曹寅有号曰“楝亭”，又有号曰“雪樵”。爷爷号“雪樵”，孙子叫“雪芹”，古代社会有这样的礼法吗？无论在曹寅与“曹雪芹”的关系上，还是在“曹雪芹”与“棠村”的关系上，胡适的解释都是牵强的。他在《〈红楼梦〉考证》中曾推测“空空道人等名目”皆来源于“曹雪芹假托”[①]，这自然包括“东鲁孔梅溪”在内。然而，时隔不久，“东鲁孔梅溪”变成“雪芹之弟”。如果这样，“石头”又该是“曹雪芹”的什么人呢？“空空道人”又该是“曹雪芹”的什么人呢？“吴玉峰”又该是“曹雪芹”的什么人呢？对于这些问题，胡适都无法回答。

面对脂评本提供的新材料和事实上出现的新困惑，胡适不能不对自己过去的研究有所调整。1921 年，胡适在《〈红楼梦〉考证》中认为：曹雪芹大概生于康熙五十一年（1712）或稍后，大概死于乾隆三十年（1765）左右；曹雪芹撰写《红楼梦》的年代大约在乾隆初年到乾隆三十年左右，书未完

① 胡适：《〈红楼梦〉考证》（改定稿），载胡适著《红楼梦考证》，北京：北京出版集团公司、北京出版社，2016 年，第 15 页。

而曹雪芹死了。1922 年，胡适转而强调曹雪芹生于康熙五十八年（1719），死于乾隆二十九年（1764）；同时，胡适继续认为《红楼梦》未写完而曹雪芹死了。在得到甲戌本以后，胡适于 1928 年断定“雪芹死于壬午除夕”[①]，此壬午年相当于乾隆二十七年（1762）；据此，胡适推断曹雪芹“生时大概在康熙五十六年（1717）”[②]。胡适又认为，需要“把《红楼梦》的著作时代移前”[③]，同时“疑心甲戌以前的本子没有八十回之多”[④]。胡适根据高鹗的壬子本引言有关表述，“疑心八十回本是陆续写定的”[⑤]；胡适还根据甲戌本有关批语，“断定曹雪芹死时他已成的书稿决不止现行的八十回”[⑥]。在看到庚辰本以后，胡适“更相信那所谓‘八十回本’不是从头一气写下去的，实在是分几个段落，断断续续写成的；到了壬午除夕雪芹死时，八十回以后止有一些无从整理的零碎残稿，就是

① 胡适：《考证〈红楼梦〉的新材料》，载胡适著《红楼梦考证》，北京：北京出版集团公司、北京出版社，2016 年，第 76 页。

② 胡适：《考证〈红楼梦〉的新材料》，载胡适著《红楼梦考证》，北京：北京出版集团公司、北京出版社，2016 年，第 76 页。

③ 胡适：《考证〈红楼梦〉的新材料》，载胡适著《红楼梦考证》，北京：北京出版集团公司、北京出版社，2016 年，第 75 页。

④ 胡适：《考证〈红楼梦〉的新材料》，载胡适著《红楼梦考证》，北京：北京出版集团公司、北京出版社，2016 年，第 105 页。

⑤ 胡适：《考证〈红楼梦〉的新材料》，载胡适著《红楼梦考证》，北京：北京出版集团公司、北京出版社，2016 年，第 106 页。

⑥ 胡适：《考证〈红楼梦〉的新材料》，载胡适著《红楼梦考证》，北京：北京出版集团公司、北京出版社，2016 年，第 106 页。

那比较成个片段的前八十回也还没有完全写完”①。胡适的这些调整，属于在自己原有研究基础上的微调，也就是修修补补；它们不但不能根本解决早就有的问题，而且引出了新的问题。胡适认为曹雪芹死时小说八十回以后有一些零碎残稿，这种观点与胡适在《〈红楼梦〉考证》中将小说八十回以后的四十回完全归结为高鹗补作之做法存在一定矛盾。

既然胡适将曹雪芹与《红楼梦》联系起来引发诸多问题，那么，该小说的原作者究竟是谁呢？解决这个问题，需要参考“石头”这个称谓和《石头记》这个书名，进行深入的探讨。

清朝人孙在丰曾作诗《丁卯春日寿巢翁先生》。所谓“巢翁先生”，乃是冒辟疆；他生于明朝万历三十九年辛亥，卒于清朝康熙三十二年癸酉。孙在丰于丁卯为冒辟疆贺寿的诗提及“奇书出自琅玡壁，怪石搜来海岳庵”②。这里既有“奇书”，又有“怪石”，还将“奇书”与“怪石”相对应，不能不令笔者想起《石头记》。孙在丰有解释说：“巢翁得一石，嵌定玲珑，有米颠之赏。”③ 所谓“米颠”，就是宋代的米芾。

---

① 胡适：《跋乾隆甲戌〈脂砚斋重评石头记〉影印本》，载胡适著《红楼梦考证》，北京：北京出版集团公司、北京出版社，2016年，第179页。

② 万久富、丁富生主编：《冒辟疆全集》，南京：凤凰出版社，2014年，第1600页。

③ 万久富、丁富生主编：《冒辟疆全集》，南京：凤凰出版社，2014年，第1600页。

这个情况，不能不令笔者想起《石头记》提到过的“米襄阳”[①]，“米襄阳”就是米芾。《宋史》对米芾有这样的记载：“无为州治有巨石，状奇丑，芾……具衣冠拜之”[②]。所谓“无为州”，不能不令笔者想起《石头记》中的“无稽崖”[③]；所谓巨石“状奇丑”，不能不令笔者想起《石头记》中那块石头“自恨粗蠢”[④]。冒辟疆自称：“余之好石，如酒人之好酒，又如饮千日酒，沈酣不醒。”[⑤]这个表述，不能不令笔者将冒辟疆与《石头记》直接联系起来。清朝人刘增琳记载，冒辟疆曾说“好文字是心头一点血”[⑥]。这个记载，不能不令笔者想起《石头记》的“字字看来皆是血”[⑦]。前文曾提到小说中密切关联于石头的表述：“开辟鸿蒙，谁为情种？”其中的“开辟鸿蒙”，恰好能够暗合于“辟疆”。所谓“开辟”，能够相通于“辟疆”的“辟”。所谓“鸿蒙”，古人将其理解为天地开辟之前的混沌之元气；“辟疆”的“疆”，可以解释为边界、

---

① 古本小说集成编辑委员会编：《脂砚斋重评石头记》（庚辰本），上海：上海古籍出版社，1992 年，第 914 页。

② 脱脱等撰：《宋史》，北京：中华书局，1977 年，第 13124 页。

③ 《脂砚斋重评石头记》（甲戌本），载刘世德、陈庆浩、石昌渝主编《古本小说丛刊》第 40 辑，北京：中华书局，1991 年，第 2203 页。

④ 《脂砚斋重评石头记》（甲戌本），载刘世德、陈庆浩、石昌渝主编《古本小说丛刊》第 40 辑，北京：中华书局，1991 年，第 2204 页。

⑤ 万久富、丁富生主编：《冒辟疆全集》，南京：凤凰出版社，2014 年，第 316 页。

⑥ 万久富、丁富生主编：《冒辟疆全集》，南京：凤凰出版社，2014 年，第 1601 页。

⑦ 《脂砚斋重评石头记》（甲戌本），载刘世德、陈庆浩、石昌渝主编《古本小说丛刊》第 40 辑，北京：中华书局，1991 年，第 2201 页。

极限：那种混沌之元气处在天地开辟之前，恰好属于一种极限。所有这些情况说明，冒辟疆极有可能是《红楼梦》的作者。

冒辟疆有一篇《影梅庵忆语》。此作品的正文涉及一些具体年份："己卯"[①]"庚辰"[②]"辛巳"[③]"壬午"[④]"甲申"[⑤]"乙酉"[⑥]"丙戌"[⑦]"丁亥"[⑧]"戊子"[⑨]"前岁"[⑩]"客岁"[⑪]"今岁"[⑫]等。在这里列出的十二个年份中，"前岁""客岁""今岁"分别指己丑、庚寅、辛卯。脂评本的批语，也有具体年份的问题。在脂评本批语的署名中，"脂砚斋""畸笏叟"是最值得关注的两个。二者批语的具体年份，累计起来有：甲戌、丙子、丁丑、己卯、庚辰、壬午、甲申、乙酉、丁亥、戊子、辛卯等。这里所列十一个年份中的后八个，能够对接于前述《影梅庵忆语》所涉十二个年份中的八个；这八个年

---

① 万久富、丁富生主编：《冒辟疆全集》，南京：凤凰出版社，2014 年，第 580、597 页。

② 万久富、丁富生主编：《冒辟疆全集》，南京：凤凰出版社，2014 年，第 580 页。

③ 万久富、丁富生主编：《冒辟疆全集》，南京：凤凰出版社，2014 年，第 580 页。

④ 万久富、丁富生主编：《冒辟疆全集》，南京：凤凰出版社，2014 年，第 581、584、585、596、597 页。

⑤ 万久富、丁富生主编：《冒辟疆全集》，南京：凤凰出版社，2014 年，第 592 页。

⑥ 万久富、丁富生主编：《冒辟疆全集》，南京：凤凰出版社，2014 年，第 585、587、594 页。

⑦ 万久富、丁富生主编：《冒辟疆全集》，南京：凤凰出版社，2014 年，第 589 页。

⑧ 万久富、丁富生主编：《冒辟疆全集》，南京：凤凰出版社，2014 年，第 595 页。

⑨ 万久富、丁富生主编：《冒辟疆全集》，南京：凤凰出版社，2014 年，第 596 页。

⑩ 万久富、丁富生主编：《冒辟疆全集》，南京：凤凰出版社，2014 年，第 587 页。

⑪ 万久富、丁富生主编：《冒辟疆全集》，南京：凤凰出版社，2014 年，第 597 页。

⑫ 万久富、丁富生主编：《冒辟疆全集》，南京：凤凰出版社，2014 年，第 597 页。

份在《影梅庵忆语》年份结构中的分布不那么集中和扎堆，而是相对分散和均匀。在《影梅庵忆语》中，有女主人公董小宛，还有与冒辟疆情定终身的陈圆圆；在《石头记》中，女主人公是林黛玉，她与贾宝玉有木石前盟。在脂评庚辰本中，第十一回提及“十一月三十日冬至”[①]；在历史上，明朝崇祯四年十一月三十日涉及冬至，时值公元1631年12月22日。如果将庚辰本第十一回中的“十一月三十日”与公元1631年联系起来，再结合小说中故事直接呈现的发展进程，那么，就可以推算出林黛玉出生于公元1624年。冒辟疆在《影梅庵忆语》中记载，己卯年，他与董小宛相识，“时姬年十六”[②]。所谓“己卯”之年，正值公元1639年；所谓“年十六”，是指虚岁，而周岁为十五。可见，董小宛出生于公元1624年。脂评庚辰本第二十七回提及“四月二十六日，原来这日未时交芒种节”[③]；在历史上，清朝顺治六年四月二十六日涉及芒种，时值公元1649年6月5日。如果将庚辰本第二十七回中的“四月二十六日”与公元1649年联系起来，再结合小说中故事直接呈现的发展进程，那么，就可以推导出这些判断：林黛玉的母亲去世于公元1642年，林黛玉进神京、

---

① 古本小说集成编辑委员会编：《脂砚斋重评石头记》（庚辰本），上海：上海古籍出版社，1992年，第248页。

② 万久富、丁富生主编：《冒辟疆全集》，南京：凤凰出版社，2014年，第580页。

③ 古本小说集成编辑委员会编：《脂砚斋重评石头记》（庚辰本），上海：上海古籍出版社，1992年，第604页。

到贾府也是在公元 1642 年，作为庚辰本最后一回的第八十回中的时间则是公元 1651 年。据《影梅庵忆语》记载，辛巳年，冒辟疆与陈圆圆相识，并且情定终身；壬午年，陈圆圆被抢走（实际结果是进了北京）；还是在壬午年，董小宛的母亲去世，董小宛到冒家成为辟疆的妾；辛卯年，董小宛去世。所谓“壬午”之年，正值公元 1642 年；所谓“辛卯”之年，正值公元 1651 年。通过鉴别这些情况，可以发现：林黛玉出生的年份，同于董小宛出生的年份；林黛玉之母去世的年份，同于董小宛之母去世的年份；林黛玉进神京的年份，同于陈圆圆进北京的年份；林黛玉到贾府的年份，同于董小宛到冒家的年份；林黛玉与贾宝玉未能成亲，陈圆圆与冒辟疆也未能成亲；林黛玉与贾宝玉相处数载，董小宛与冒辟疆也相处数载；八十回本《石头记》最后一回中的年份，同于董小宛去世的年份。可见，林黛玉既有董小宛的影子，又有陈圆圆的影子。至于贾宝玉，则能够对应冒辟疆。

冒辟疆的《影梅庵忆语》，反复提及“梦”：

> 余怜姬病，愿辞去。牵留之曰：“我十有八日寝食俱废，沈沈若梦，惊魂不安。今一见君，便觉神怡气王。”①
>
> 秦淮中秋日，四方同社诸友感姬为余不辞盗贼

① 万久富、丁富生主编：《冒辟疆全集》，南京：凤凰出版社，2014 年，第 582 页。

风波之险，间关相从，因置酒桃叶水阁。时在坐为眉楼顾夫人、寒秀斋李夫人，皆与姬为至戚，美其属余，咸来相庆。是日新演《燕子笺》，曲尽情艳，至霍、华离合处，姬泣下，顾、李亦泣下。一时才子佳人，楼台烟水，新声明月，俱足千古。至今思之，不异游仙枕上梦幻也。①

姬扃别室，却管弦，洗铅华，精学女红，恒月余不启户。耽寂享恬，谓骤出万顷火云，得憩清凉界。回视五载风尘，如梦如狱。②

姬每与余静坐香阁，细品名香，宫香诸品淫，沉水香俗。俗人以沉香著火上，烟朴油腻，顷刻而灭，无论香之性情未出，即著怀袖，皆带焦腥。沉香有坚致而纹横者，谓之"横隔沈"，即四种沉香内革沉横纹者是也，其香特妙。又有沉水结而未成，如小笠大菌，名"蓬莱香"，余多蓄之，每慢火隔砂，使不见烟，则阁中皆如风过伽楠，露沃蔷薇，热磨琥珀，酒倾犀斝之味，久蒸衾枕间，和以肌香，甜艳非常，梦魂俱适。③

余复移寓友沂友云轩。久客卧雨，怀家正剧。

---

① 万久富、丁富生主编：《冒辟疆全集》，南京：凤凰出版社，2014 年，第 584—585 页。

② 万久富、丁富生主编：《冒辟疆全集》，南京：凤凰出版社，2014 年，第 586 页。

③ 万久富、丁富生主编：《冒辟疆全集》，南京：凤凰出版社，2014 年，第 588 页。

晚霁，龚奉常偕于皇、园次过慰留饮，听小奚管弦度曲。时余归思更切，因限韵各作诗四首，不知何故，诗中咸有商音。三鼓别去。余甫着枕，便梦还家，举室皆见，独不见姬。急询荆人，不答。复遍觅之，但见荆人背余下泪。余梦中大呼曰："岂死耶？"一恸而醒。姬每春必抱病，余深疑虑。旋归，则姬固无恙，因间述此相告。姬曰："甚异，前亦于是夜梦数人强余去，匿之幸脱，其人狺狺不休也。"讵知梦真而诗谶咸来先告哉？①

冒辟疆不但在《影梅庵忆语》中反复提及"梦"，而且有一部书以"梦"命名。冒辟疆与张自烈有过交往。张自烈在《冒辟疆省觐兼游衡岳诗草序》中记载了自己亲身经历的一件事情：有一晚搜冒辟疆行笥，"得《梦纪》一帙，坚询之，始告予故，非独纪梦而已"②。而在脂评庚辰本第四十八回中，有批语说："一部大书，起是梦，宝玉情是梦，贾瑞淫又是梦，秦之家计长策又是梦，今作诗也是梦，一并风月鉴亦从梦中所有，故"红楼梦"也。余今批评亦在梦中，特为梦中之人特作此一大梦也。"③

---

① 万久富、丁富生主编：《冒辟疆全集》，南京：凤凰出版社，2014 年，第 597—598 页。

② 万久富、丁富生主编：《冒辟疆全集》，南京：凤凰出版社，2014 年，第 763 页。

③ 古本小说集成编辑委员会编：《脂砚斋重评石头记》（庚辰本），上海：上海古籍出版社，1992 年，第 1119 页。

鉴于冒辟疆与《石头记》有着密切而广泛的联系，现在可以说：冒辟疆乃是《石头记》的作者。当然，他也是脂评本中的批者。其实，八十回本《石头记》就是全书，并非没有完成。庚辰本有批语说："《石头记》最难之处，别书中摸不着"①；"若历写完，则不是《石头记》文字了"②。如果将情节都明明白白、清清楚楚写出来，就像一碗白开水了。关于八十回本《石头记》是完整著作的问题，将在后文探讨小说主题的过程中进行具体论证。

如果说八十回本《石头记》作者是冒辟疆，那么，曹雪芹撰写《红楼梦》的说法之总根源究竟是什么呢？解决这个问题，需要重新回到袁枚关于曹雪芹的记载上来。

前文说过，袁枚在《随园诗话》中记载：曹雪芹"撰红楼梦一部，备记风月繁华之盛"；"雪芹者，曹楝亭织造之嗣君也"。这些话语实际上来源于清朝人富察明义的表述："曹子雪芹，出所撰红楼梦一部，备记风月繁华之盛。盖其先人为江宁织府"③。这里的"江宁织府"，显然是"江宁织造"之误。所谓"其先人为江宁织造"，并不等于说曹雪芹的父亲是曹寅。前文说过，袁枚在《随园诗话》中记载，至乾隆五

① 古本小说集成编辑委员会编：《脂砚斋重评石头记》（庚辰本），上海：上海古籍出版社，1992 年，第 376 页。

② 古本小说集成编辑委员会编：《脂砚斋重评石头记》（庚辰本），上海：上海古籍出版社，1992 年，第 314 页。

③ 富察明义：《题红楼梦》，载朱一玄编《红楼梦资料汇编》，天津：南开大学出版社，1985 年，第 38 页。

十二年，曹雪芹“相隔已百年矣”；这个记载，意味着康熙二十六年之时曹雪芹在世。康熙二十六年前后，曹寅家有这样的情况：康熙二十三年，曹寅之父曹玺（曹元璧）卒于江宁织造任上；康熙二十九年，曹寅开始任苏州织造，但是还未兼任江宁织造，更没有专任江宁织造。无论在康熙二十三年，还是在康熙二十九年，都不会有胡适所说的那个在康熙五十一年以后出生的“曹雪芹”。在这种条件下，如果说有一对曹姓父子，父亲做过江宁织造，儿子与《红楼梦》有关，那么，此父只能是曹玺，此子只能是曹寅。进一步来讲，曹寅就是曹雪芹。袁枚所说“雪芹者，曹楝亭织造之嗣君也”，应该是“雪芹者，曹元璧织造之嗣君也”。这个判断，可以从清朝人俞樾的记载中得到佐证。俞樾在《曲园杂纂》卷三十八中说：“纳兰容若《饮水词集》有《满江红》词，为曹子清题其先人所构楝亭，即曹雪芹也。”[①] 关于曹寅的“雪芹”叫法之由来，也是有破解线索的。袁枚在《随园诗话》卷二中记载，江宁织造曹寅“每出，拥八驺，必携书一本，观玩不辍”[②]。此书当为八十回本《石头记》。这部伟大作品的故事，必然使曹寅受到震撼；冒辟疆伪托、与曹寅同姓的所谓“曹雪芹”，也一定使曹寅产生兴趣。于是，曹寅将所谓“曹雪芹”借为

---

① 俞樾：《曲园杂纂》（节录），载朱一玄编《红楼梦资料汇编》，天津：南开大学出版社，1985 年，第 50 页。

② 袁枚著，顾学颉校点：《随园诗话》，北京：人民文学出版社，1982 年，第 42 页。

已用。车锡伦、赵桂芝有文章说："1993 年 8 月 24 日下午，我们一道翻阅一部明刊《书史纪原》，……在卷末……发现了'雪芹校字'手书四字。此书曾经……曹寅（楝亭）收藏过"[①]。从袁枚的记载蕴含康熙二十六年前后曹雪芹在世的宝贵信息，到俞樾的表述强调曹寅就是曹雪芹的重要情况，再到车锡伦、赵桂芝的文章披露曹寅藏书有"雪芹校字"手书四字的客观事实，形成了一个互相贯通的链条。

需要特别说明的是，对于上段所说俞樾的表述，胡适在《〈红楼梦〉考证》中引用过，然而他简单地认为："俞樾说曹子清即雪芹，是大谬的。"[②] 不久，胡适在谈到那部《四松堂集》写本上所谓"雪芹曾随其先祖寅织造之任"的贴条时说："曹家三代四个织造，只有曹寅最著名。敦诚晚年编集，添入这一条小注，那时距曹寅死时已七十多年了，故敦诚与袁枚有同样的错误。"[③] 胡适强调曹家的织造中曹寅最著名，这是符合实际的。曹寅之著名，也对袁枚的表述产生了影响；富察明义在记载曹雪芹时所说"其先人为江宁织府"（"织府"应作"织造"），在袁枚的理解中演化为"雪芹者，曹楝亭织造之嗣君也"。至于胡适所说"敦诚与袁枚有同样的错

① 车锡伦、赵桂芝：《介绍曹寅（楝亭）藏明刊〈书史纪原〉上的"雪芹校字"题记墨迹》，《红楼梦学刊》1994 年第 2 辑。

② 胡适：《〈红楼梦〉考证》（改定稿），载胡适著《红楼梦考证》，北京：北京出版集团公司、北京出版社，2016 年，第 17 页。

③ 胡适：《跋〈红楼梦考证〉》，载胡适著《红楼梦考证》，北京：北京出版集团公司、北京出版社，2016 年，第 62 页。

误”，这就有问题了。其实，二者完全是两回事：敦诚笔下的“曹雪芹”与《红楼梦》无关，这个“曹雪芹”与曹寅也无关；袁枚笔下的“曹雪芹”与《红楼梦》有关，这个“曹雪芹”就是曹寅，而曹寅则是曹玺的儿子。康熙二年至二十三年，曹玺任江宁织造；卒于康熙五十一年、活了五十五岁的曹寅，完全能够有随其父曹玺织造之任的经历。

既然曹寅就是曹雪芹，富察明义、袁枚都记载曹雪芹撰写《红楼梦》，而八十回本《石头记》作者是冒辟疆，那么，可以判断：在一百二十回本《红楼梦》中，前八十回的作者是冒辟疆，后四十回的作者是曹寅。胡适对曹寅有过这样的表述：“曹寅会写字，会作诗词，有诗词集行世；他在扬州曾管领《全唐诗》的刻印，扬州的诗局归他管理甚久；他自己又刻有二十几种精刻的书”。“他家中藏书极多，精本有三千二百八十七种之多”，“他的家庭富有文学美术的环境”①。完全可以说，曹寅具备续写《红楼梦》的基本条件。胡适对那位被他视为曹寅之“孙”的“曹雪芹”，则有这样的表述：“曹雪芹是一个会作诗又会绘画的人。最可惜的是曹雪芹的诗现在只剩得‘白傅诗灵应喜甚，定教蛮素鬼排场’两句了。但单看这两句，也就可以想见曹雪芹的诗大概是很聪明的，

---

① 胡适：《〈红楼梦〉考证》（改定稿），载胡适著《红楼梦考证》，北京：北京出版集团公司、北京出版社，2016年，第24页。

很深刻的。"[1] 笔者以为，就靠这两句诗，说明不了什么大问题。这位"曹雪芹"的情况，与曹寅不可同日而语；这位"曹雪芹"不可能是《红楼梦》的续写者，更不可能是《红楼梦》的原创者。虽然敦诚曾用"残杯冷炙有德色，不如著书黄叶村"这样的诗句劝诫这位"曹雪芹"，但是并无证据能够直接证明所谓"著书黄叶村"意味着撰写《红楼梦》。

胡适将一百二十回本《红楼梦》中的前八十回之作者和后四十回之作者分别归结为曹雪芹、高鹗，显然是完全错了。蔡孑民不赞成胡适将《红楼梦》原作者归结为曹雪芹的做法，而是强调另有其人。不过，蔡孑民认为该小说"经曹雪芹增删，或亦许插入曹家故事。要未可以全书属之曹家也"[2]。虽然蔡孑民未能科学地指明小说原作者，但是他将原作者与所谓"曹雪芹"分离开来，并且将这个"曹雪芹"与增删者联系起来，这些做法比胡适高明得多。

三、脂评本反复地揭示小说主题在于凭吊朱明末世，由此可冲击胡适关于《红楼梦》记述曹家事实的观点

脂评本反复提到"末世"。这里重点说说甲戌本和庚辰本

① 胡适：《〈红楼梦〉考证》（改定稿），载胡适著《红楼梦考证》，北京：北京出版集团公司、北京出版社，2016 年，第 28 页。

② 蔡孑民：《石头记索隐第六版自序——对于胡适之先生〈红楼梦考证〉之商榷》，载中国艺术研究院红楼梦研究所、人民文学出版社编辑部编《红楼梦研究稀见资料汇编》，北京：人民文学出版社，2001 年，第 75 页。

的情况。

甲戌本第一回正文交代，贾雨村“原系诗书仕宦之族，因他出于末世，父母祖宗根基一尽，人口衰丧，只剩得他一身一口，在家乡无益”。与此相联系，有批语强调“末世男子”①。

在甲戌本第二回中，针对冷子兴所说“如今这荣国两门，也都消疏了，不比先时的光景”，有批语强调：“记清此句，可知书中之荣府已是末世了。”②

又是在甲戌本第二回中，针对贾雨村所说“当日宁荣两宅的人口极多，如何就消疏了”，有批语强调：“作者之意原只写末世。此已是贾府之末世了。”③

还是在甲戌本第二回中，针对冷子兴所说贾敬“如今一味好道，只爱烧丹炼汞”，有批语强调：“亦是大族末世常有之事。叹叹！”④

在甲戌本第五回中，关于王熙凤的判词提及“凡鸟偏从

---

① 《脂砚斋重评石头记》（甲戌本），载刘世德、陈庆浩、石昌渝主编《古本小说丛刊》第40辑，北京：中华书局，1991年，第2219页。

② 《脂砚斋重评石头记》（甲戌本），载刘世德、陈庆浩、石昌渝主编《古本小说丛刊》第40辑，北京：中华书局，1991年，第2246页。

③ 《脂砚斋重评石头记》（甲戌本），载刘世德、陈庆浩、石昌渝主编《古本小说丛刊》第40辑，北京：中华书局，1991年，第2246页。

④ 《脂砚斋重评石头记》（甲戌本），载刘世德、陈庆浩、石昌渝主编《古本小说丛刊》第40辑，北京：中华书局，1991年，第2248页。

末世来”[①]；关于贾探春的判词提及“生于末世运偏消”，对此有批语强调“感叹句，自寓”[②]。

庚辰本第十七回至十八回正文交代，贾家中“旧有曾演学过歌唱的女人们，如今皆已皤然老妪了”。与此相联系，有批语强调：“又补出当日宁荣在世之事，所谓此是末世之时也。”[③]

以上这一系列的“末世”，难道仅仅是那个家庭之末吗？笔者经过反复研究，终于发现：这种“末世”，相关于历史上的朱明。在这里，有必要将朱明的一些重要环节梳理一下：洪武元年戊申，朱元璋建立明朝，当时定都于南京；永乐年间，朱棣迁都北京，南京作为留都；崇祯十七年甲申，朱由检自缢于北京，明朝灭亡；在崇祯帝自缢的当年，清军入山海关，占领北京；还是在崇祯帝自缢的当年，弘光帝朱由崧即位于南京，他是南明第一位君主；弘光帝失位以后，隆武帝朱聿键、绍武帝朱聿𨮁、永历帝朱由榔相继即位；永历帝被害，标志着南明结束；永历帝被害以后，在台湾的郑氏政权继续尊奉朱明为正统，这就是明郑；明郑存在了二十多年，最终为清朝所灭。可见，明朝开始于洪武帝，完结于崇祯帝；

---

① 《脂砚斋重评石头记》（甲戌本），载刘世德、陈庆浩、石昌渝主编《古本小说丛刊》第 40 辑，北京：中华书局，1991 年，第 2334 页。

② 《脂砚斋重评石头记》（甲戌本），载刘世德、陈庆浩、石昌渝主编《古本小说丛刊》第 40 辑，北京：中华书局，1991 年，第 2333 页。

③ 古本小说集成编辑委员会编：《脂砚斋重评石头记》（庚辰本），上海：上海古籍出版社，1992 年，第 372 页。

南明不是明朝的一个阶段，仅是明朝的残余；明郑不是南明的一个阶段，仅是南明的残余。《红楼梦》中的“末世”，乃是朱明末世，包括三个时期：第一个时期，是明朝的崇祯时期；第二个时期，是崇祯帝自缢以后的南明时期；第三个时期，是永历帝被害以后的明郑时期。这样的朱明末世，将在下文中得到详细论证。

笔者在前文中说过，脂评庚辰本第十一回中的“十一月三十日”能够与公元1631年联系起来。基于此，再结合小说中故事直接呈现的发展进程，可以推算出庚辰本第四回中的时间是公元1628年。这一回说，薛家人进神京，其中的薛蟠仅“五岁”，而薛宝钗“比薛蟠小两岁”[①]。这是庚辰本之说法，然而甲戌本之说法则有所不同。甲戌本第四回说，薛蟠“十有五岁”，而薛宝钗“比薛蟠小两岁”[②]。如果按照1628年薛蟠十五岁来推算，这一年薛宝钗十三岁；这里的十三岁为虚岁，周岁是十二岁。鉴于这些情况，可知薛宝钗出生于1616年；在历史上，努尔哈赤于1616年建立后金，后金乃是清朝的前身。可见，薛宝钗贯通于后金的源头，堪称后金和清朝的总象征。在金陵十二钗正册中，与薛宝钗相关的图景

① 古本小说集成编辑委员会编：《脂砚斋重评石头记》（庚辰本），上海：上海古籍出版社，1992年，第88页。

② 《脂砚斋重评石头记》（甲戌本），载刘世德、陈庆浩、石昌渝主编《古本小说丛刊》第40辑，北京：中华书局，1991年，第2310页。

出现“一堆雪”[①]；这里的“雪”，谐音于“薛宝钗”的“薛”，从而相关于后金和清朝。在小说中，薛家人刚到荣国府时，住于“东北角上梨香院”[②]；后来，“另迁于东北上一所幽净房舍居住”[③]。从“东北角上梨香院”到“东北上一所幽净房舍”，吻合于历史上后金在东北异军突起和清朝由东北入主中原之事实。在脂评甲戌本中，有批语提及“因情孽而缮此一书”[④]；作为小说根源的“情孽”，其中的“情”恰好谐音于“清朝”的“清”。在甲戌本中，红楼梦歌词里的“好事终”末一句提及“宿孽总因情”[⑤]；在这里，谐音于“清”的“情”被单独地归结为“总因”，而且被安排于“好事终”之尾，显示了超常的独特性。《红楼梦》中的朱明末世，存在着尖锐的明清斗争和渐进的明清交替。

在明清斗争和明清交替的过程中，清军杀掉大量明宗室人员。在这些人员里，弘光帝朱由崧是非常特殊的一位；他承接崇祯时期，开启南明时期，在朱明末世中具有承前启后

① 《脂砚斋重评石头记》（甲戌本），载刘世德、陈庆浩、石昌渝主编《古本小说丛刊》第40辑，北京：中华书局，1991年，第2332页。

② 古本小说集成编辑委员会编：《脂砚斋重评石头记》（庚辰本），上海：上海古籍出版社，1992年，第92页。

③ 古本小说集成编辑委员会编：《脂砚斋重评石头记》（庚辰本），上海：上海古籍出版社，1992年，第371—372页。

④ 《脂砚斋重评石头记》（甲戌本），载刘世德、陈庆浩、石昌渝主编《古本小说丛刊》第40辑，北京：中华书局，1991年，第2445页。

⑤ 《脂砚斋重评石头记》（甲戌本），载刘世德、陈庆浩、石昌渝主编《古本小说丛刊》第40辑，北京：中华书局，1991年，第2348页。

的重要作用。小说里的王熙凤，有朱由崧的影子。解释这个现象，需要涉及那个与凤姐密切相关、令胡适束手无策的谜："一从二令三人木，哭向金陵事更哀。"[①] 在"一从二令三人木"中，可以提炼出"从""令""人木"："从"的繁体是"從"，"從"在写法上有十一画，而"朱由崧"的"崧"在写法上亦有十一画；"令"在写法上有五画，而"朱由崧"的"由"在写法上亦有五画；"人木"在写法上累计六画，而"朱由崧"的"朱"在写法上亦有六画。也就是说，"從""令""人木"在笔画上能够对接于倒置的"朱由崧"；这种情况，意味着朱由崧的可悲命运。朱由崧在生命最后三年中经历了大起大落的"三部曲"：甲申即位，乙酉失位，丙戌被杀。"甲申"对应"一从"："甲"相通于"一"；"申"可以解释为官府里下级向上级呈报公文，"从"可以解释为服从，"申"与"从"在含义上能够相通，这象征着朱由崧名为皇帝、实是傀儡之事实。"乙酉"对应"二令"："乙"相通于"二"；"酉"是"酒"的古字，"酒"与"令"的结合是"酒令"，这象征着朱由崧为酒色所吸引，为空虚所困扰，结果为清军所抓获。"丙戌"对应"三人木"："丙"相通于"三"；"戌"好像"人"处在"戈"之下，呈现杀人的架势，而杀人相通于"人木"即人就木，这象征着朱由崧被清朝杀

① 《脂砚斋重评石头记》(甲戌本)，载刘世德、陈庆浩、石昌渝主编《古本小说丛刊》第40辑，北京：中华书局，1991年，第2335页。

害。朱由崧最终离世于北京，而当初即位于南京，堪称“哭向金陵事更哀”。弄清楚王熙凤有弘光帝的影子，有利于追溯小说隐含的明朝崇祯时期，有利于深究小说暗藏的南明时期。

如果说王熙凤有弘光帝朱由崧的影子，弘光帝承接崇祯帝，而在小说中秦可卿临终曾向王熙凤托梦嘱咐后事，那么，秦可卿就应该有崇祯帝朱由检的影子。秦可卿向王熙凤托梦时，提及“三春去后诸芳尽，各自须寻各自门”[①]。在这里，作者借秦可卿之口，以若隐若现的手法，涉及崇祯帝的死亡时间。《明史》记载，崇祯“十七年春……三月……丁未”，朱由检“崩于万岁山”[②]。也就是说，明朝亡于农历春三月。这个重大事件，密切关联于“三春去后诸芳尽”之表述：所谓“三春”，暗合于明朝灭亡的春三月；所谓“诸”，谐音于“朱”。在秦可卿讲完“三春去后诸芳尽，各自须寻各自门”这两句话之时，“二门上传事云牌连叩四下——正是丧音，将凤姐惊醒。人回：‘东府蓉大奶奶没了。’”[③] 可见，秦可卿指出崇祯帝死亡，在时间上同步于秦可卿自己死亡。秦可卿死后做的棺材，能够“万年不坏”[④]；祭奠期间“宁国府街上一

① 《脂砚斋重评石头记》（甲戌本），载刘世德、陈庆浩、石昌渝主编《古本小说丛刊》第40辑，北京：中华书局，1991年，第2451页。

② 张廷玉等撰：《明史》，北京：中华书局，1974年，第334—335页。

③ 《脂砚斋重评石头记》（甲戌本），载刘世德、陈庆浩、石昌渝主编《古本小说丛刊》第40辑，北京：中华书局，1991年，第2451—2452页。

④ 《脂砚斋重评石头记》（甲戌本），载刘世德、陈庆浩、石昌渝主编《古本小说丛刊》第40辑，北京：中华书局，1991年，第2456页。

条白漫漫人来人往，花簇簇宦去官来”[①]；送殡队伍“浩浩荡荡，一带摆三四里远”[②]，“压地银山一般”[③]；有各家路祭，“第一座是东平王府祭棚，第二座是南安郡王祭棚，第三座是西宁郡王祭棚，第四座是北静郡王祭棚”[④]。秦可卿所享“待遇”，确有皇帝之尊；秦可卿之死，影射崇祯帝之死。“秦可卿”之称谓，还与“秦淮河”有一定关系：“秦”直通，“可”内含于“河”。秦淮河与南京有密切关联，而南京是明朝故都。虽然崇祯帝没有到过南京，但是他的事业渊源于南京；渊源于南京的明朝，在崇祯帝手中完结。

将崇祯帝与《红楼梦》联系起来，还需要涉及脂评本批语提到过的曹雪芹。甲戌本有批语说：“壬午除夕，书未成，芹为泪尽而逝。”[⑤] 这里的“芹”，就是所谓“雪芹”。庚辰本有批语说：“凤姐点戏，脂砚执笔事，今知者聊聊矣，不怨夫?”[⑥] 与此相联系，庚辰本又有批语说：“前批书者聊聊，今

---

① 《脂砚斋重评石头记》（甲戌本），载刘世德、陈庆浩、石昌渝主编《古本小说丛刊》第40辑，北京：中华书局，1991年，第2460页。

② 《脂砚斋重评石头记》（甲戌本），载刘世德、陈庆浩、石昌渝主编《古本小说丛刊》第40辑，北京：中华书局，1991年，第2490页。

③ 《脂砚斋重评石头记》（甲戌本），载刘世德、陈庆浩、石昌渝主编《古本小说丛刊》第40辑，北京：中华书局，1991年，第2491页。

④ 《脂砚斋重评石头记》（甲戌本），载刘世德、陈庆浩、石昌渝主编《古本小说丛刊》第40辑，北京：中华书局，1991年，第2490页。

⑤ 《脂砚斋重评石头记》（甲戌本），载刘世德、陈庆浩、石昌渝主编《古本小说丛刊》第40辑，北京：中华书局，1991年，第2212页。

⑥ 古本小说集成编辑委员会编：《脂砚斋重评石头记》（庚辰本），上海：上海古籍出版社，1992年，第483—484页。

丁亥夏只剩朽物一枚，宁不痛乎?”[①] 靖藏本有批语强调：芹溪、脂砚、杏斋诸子皆相继别去。在这个表述之后，靖藏本有关批语才说：丁亥夏只剩朽物一枚。将前述批语综合起来看，涉及“雪芹”“凤姐”“脂砚”“芹溪”“杏斋”“朽物”。这些称谓中的“芹溪”，其实就是“雪芹”；在脂评本批语中，“芹溪”是“雪芹”的另一种说法。因此，“芹溪”能够并入“雪芹”。现在，可以说前述批语涉及“雪芹”“凤姐”“脂砚”“杏斋”“朽物”。在这个排列顺序中，“凤姐”与“脂砚”相邻，而且“脂砚”在“凤姐”之后；“脂砚”还在“雪芹”（“芹溪”）之后，“杏斋”则在“脂砚”之后，“朽物”又在“杏斋”之后。所谓“凤姐”与“脂砚”相邻，而且“脂砚”在“凤姐”之后，这些情况能够贯通于前述批语中“凤姐点戏，脂砚执笔”之表述；所谓“脂砚”还在“雪芹”（“芹溪”）之后，“杏斋”则在“脂砚”之后，“朽物”又在“杏斋”之后，这些情况能够贯通于前述批语中“芹溪、脂砚、杏斋诸子皆相继别去”，“丁亥夏只剩朽物一枚”之表述。“雪芹”“凤姐”“脂砚”“杏斋”“朽物”，累计五个称谓。从明朝末年，到南明时期，累计有五位皇帝，他们依次是：崇祯帝朱由检、弘光帝朱由崧、隆武帝朱聿键、绍武帝朱聿鐭、永历帝朱由榔。如果说在这里排在第二位的弘光帝

① 古本小说集成编辑委员会编：《脂砚斋重评石头记》（庚辰本），上海：上海古籍出版社，1992 年，第 484 页。

可以对应凤姐，那么，排在弘光帝之前的崇祯帝应该对应排在凤姐之前的雪芹。至此，可以着重分析所谓“壬午除夕，书未成，芹为泪尽而逝”：“芹为泪尽而逝”，暗示崇祯帝之死；雪芹死于“壬午”，在迂回地反映崇祯帝死亡年份，真实而敏感的“甲申”被替换为“壬午”；“除夕”，象征着一个旧时代的正式结束；至于“书未成”，则意味着明朝未能被挽救。可能有人会讲，既然已说秦可卿有崇祯帝的影子，又说曹雪芹之死影射崇祯帝之死，这不是自相矛盾吗？笔者以为，用秦可卿之死影射崇祯帝之死，是通过小说人物反映明朝灭亡；用曹雪芹之死影射崇祯帝之死，是通过别样手段反映明朝灭亡。明朝灭亡是小说主题中的极其重要环节，必须多角度地来体现。如果说排在弘光帝之前的崇祯帝可以对应排在凤姐之前的雪芹，那么，排在弘光帝之后的隆武帝朱聿键就应该对应排在凤姐之后的脂砚。所谓“脂砚”的“砚”，在发音上与“朱聿键”的“键”同韵。至于排在隆武帝后面的绍武帝，则与排在脂砚后面的杏斋存在关联。《清史稿》记载，顺治四年“二月”，朱聿𨮁“僭号绍武，据广州，佟养甲、李成栋率师讨之，斩聿𨮁”以及周王、益王、辽王、邓王、钜野王、通山王、高密王、仁化王、鄢陵王、南安王等朱明藩王，“广州平”[1]。这里提到的绍武帝朱聿𨮁以及朱明藩王，人

① 赵尔巽等撰：《清史稿》，北京：中华书局，1977 年，第 105—106 页。

数起码不下十多个；“杏斋”的“杏”，可以分解为“十”“口”“人”，“十”“口”“人”可以连成“十口人”，“十口人”能够作为绍武帝以及那些朱明藩王的一个象征性说法。也就是说，杏斋同绍武帝以及那些朱明藩王有密切关系，其中绍武帝是影射的首要对象。绍武帝以及那些朱明藩王的死亡时间，被《清史稿》记载为顺治四年二月，时值丁亥春。与此相承接，才有“丁亥夏只剩朽物一枚”之表述。所谓“只剩朽物一枚”，暗指南明末君永历帝朱由榔；丁亥之年，恰好是永历元年。前述这些分析，涉及从明朝末君朱由检直到南明末君朱由榔的历史，构成一个链条。

也许有人不赞成笔者在上段中所构建的链条，尤其是不同意将所谓壬午曹雪芹之死等同于甲申崇祯帝之死的做法。然而，坚持这种做法，并牢牢把握从崇祯帝到永历帝这个链条，是全面破解小说中关于贾元春的判词之必要条件。贾元春的判词是：

> 二十年来辨是非，榴花开处照宫闱。三春争及初春景，虎兔相逢大梦归。①

朱由检自缢的甲申年，即崇祯十七年，这一年相通于公元1644年；所谓曹雪芹去世的壬午年，应该视为崇祯十五年，

① 《脂砚斋重评石头记》（甲戌本），载刘世德、陈庆浩、石昌渝主编《古本小说丛刊》第40辑，北京：中华书局，1991年，第2333页。

这一年相通于公元1642年。至于朱由榔，他去世于壬寅年，时值永历十六年，这一年相通于公元1662年。从象征着崇祯帝辞世的所谓1642年曹雪芹之死，到1662年永历帝之死，历时二十年。这就是“二十年来辨是非”的真正含义。所谓“辨”，内含两个“辛”，暗示两重艰辛和磨难：崇祯帝之死，意味着明朝结束；永历帝之死，意味着南明结束。所谓“是非”，暗示着由是到非，由肯定到否定，由存在到灭亡。“榴花开处照宫闱”，象征着朱明皇室人员留恋华筵，然而正如甲戌本“凡例”中所说“浮生着甚苦奔忙，盛席华筵终散场”[①]。在“三春争及初春景”中，关键是“三春”“初春”：所谓“三春”，就是秦可卿所说“三春过后诸芳尽”的“三春”，意味着朱由检自缢的春三月，即崇祯十七年的春三月，此乃明朝末个春季的末个月；所谓“初春”，则是朱元璋即位的春正月，即洪武元年的春正月，此乃明朝首个春季的首个月。一个是明朝首个春季的首个月，一个是明朝末个春季的末个月，它们构成明朝的两极；针对“三春争及初春景”，甲戌本有批语说“显极”[②]，真是恰如其分。至于“虎兔相逢大梦归”，与朱由榔去世年份有关，因为他死于虎年，次年为兔年；所谓“虎兔相逢大梦归”，乃是朱明君主历史结束的一个

① 《脂砚斋重评石头记》（甲戌本），载刘世德、陈庆浩、石昌渝主编《古本小说丛刊》第40辑，北京：中华书局，1991年，第2201页。

② 《脂砚斋重评石头记》（甲戌本），载刘世德、陈庆浩、石昌渝主编《古本小说丛刊》第40辑，北京：中华书局，1991年，第2333页。

象征性说法。需要强调的是，“虎兔相逢大梦归”还相关于冒辟疆之妾董小宛。冒辟疆在《影梅庵忆语》中记载，董小宛卒于辛卯年“元旦次日”[①]，即辛卯年正月初二日。这个辛卯年，处于崇祯帝离世的甲申年与永历帝离世的壬寅年之间。这个辛卯年，乃是兔年，此前一年是虎年；辛卯年正月初二日，是送走虎年、进入兔年的第二天。董小宛亡于正月初二日，而象征着崇祯帝之死的“芹为泪尽而逝”被安排在“除夕”，《石头记》中的贾元春则出生于“大年初一”[②]；贾元春生日的前一天是象征性的崇祯帝卒日，贾元春生日的后一天是历史上的董小宛卒日；贾元春的形象，在国家命运中融入了家庭悲剧。从国家的角度看，关于贾元春的判词折射着朱明君主历史，其下限是南明末君永历帝朱由榔。在金陵十二钗正册中，有相关于贾元春的图景：“画着一张弓，弓上挂一香橼。”[③] 这种图景，能够贯通于历史上朱由榔被人用弓弦勒死的事实。贾元春在一定意义上相关于朱由榔，前文提到的那个“朽物”则从别样的特定视角影射朱由榔。

朱由榔被害以后，在台湾的郑氏政权继续沿用“永历”之年号。明郑的命运，在《红楼梦》中有浓墨重彩、反复曲

① 万久富、丁富生主编：《冒辟疆全集》，南京：凤凰出版社，2014 年，第 586 页。

② 《脂砚斋重评石头记》（甲戌本），载刘世德、陈庆浩、石昌渝主编《古本小说丛刊》第 40 辑，北京：中华书局，1991 年，第 2250 页。

③ 《脂砚斋重评石头记》（甲戌本），载刘世德、陈庆浩、石昌渝主编《古本小说丛刊》第 40 辑，北京：中华书局，1991 年，第 2332—2333 页。

折的描写。

脂评甲戌本第一回正文说："原来女娲氏炼石补天之时，……炼成……顽石三万六千五百零一块。娲皇氏只用了三万六千五百块，只单单的剩了一块未用，便弃在……青埂峰下。"[①] 理解这些表述，需要联系有关史实。《清史稿》记载，康熙二十二年"五月……甲子"，清廷"命施琅征台湾"；"闰六月戊午，施琅克澎湖"[②]。小说中的所谓"三万六千五百零一"，可以分解为"三万六千""五百零一"：所谓"三万六千"，可以压缩为"三十六"，这个能够同时照应金陵十二钗正册、副册、又副册的"三十六"，暗合于台湾郑氏政权的永历三十六年，永历三十六年相当于康熙二十一年，也就是施琅征台湾的前一年；所谓"五百零一"，能够在形式上对接于清廷命施琅征台湾的五月甲子，出现"五"对"五"、"一"对"甲"之状况。"三万六千五百零一"，还可以分解为"三万六千五百""一"，它们分别是娲皇氏补天时使用的顽石数和未用的顽石数。所谓"三万六千五百"，可以浓缩为"三十六点五"，"三十六点五"可以分解为"三十六""零点五"。所谓"三十六"，仍然暗合于永历三十六年。如果说"三十六"相关于三十六年，那个"零点五"就可以理解为半

① 《脂砚斋重评石头记》（甲戌本），载刘世德、陈庆浩、石昌渝主编《古本小说丛刊》第40辑，北京：中华书局，1991年，第2203页。

② 赵尔巽等撰：《清史稿》，北京：中华书局，1977年，第212页。

年；这个半年，能够对应施琅克澎湖的时间；这个时间，就是永历三十七年闰六月戊午，也就是康熙二十二年闰六月戊午。康熙二十二年有十三个月，它们分别是一月、二月、三月、四月、五月、六月、闰六月、七月、八月、九月、十月、十一月、十二月，闰六月处于这十三个月的正中间；闰六月的戊午乃是此月的第十八日，第十八日处于此月的中旬；这时全年刚好过半，当然可以表示为“零点五”。《清史稿》记载，施琅“取澎湖”，郑克塽“大惊，遣使诣军前乞降，琅疏陈，上许之”[①]。至此，明郑大势已去。所谓顽石“只单单的剩了一块未用，便弃在……青埂峰下”，影射朱明遗民冒辟疆处于清朝统治之下。在甲戌本中，与“女娲氏炼石补天”相承接，有批语提及“补天济世”[②]；这个“补天济世”，乃是补朱明之天，济末了之世。在甲戌本中，针对顽石“只单单的剩了一块未用”，有批语提及“剩了这一块，便生出这许多故事”[③]；这些故事，就是《石头记》。这部小说提及“无材可去补苍天，枉入红尘若许年”：针对“无材可去补苍天”，甲戌本有批语提及“书之本旨”；针对“枉入红尘若许年”，甲戌本有

① 赵尔巽等撰：《清史稿》，北京：中华书局，1977年，第9866页。

② 《脂砚斋重评石头记》（甲戌本），载刘世德、陈庆浩、石昌渝主编《古本小说丛刊》第40辑，北京：中华书局，1991年，第2203页。

③ 《脂砚斋重评石头记》（甲戌本），载刘世德、陈庆浩、石昌渝主编《古本小说丛刊》第40辑，北京：中华书局，1991年，第2203页。

批语提及“惭愧之言，呜咽如闻”[①]。冒辟疆留恋朱明，然而有心无力。

在脂评庚辰本第七十八回中，有“痴公子杜撰芙蓉诔”的故事。芙蓉诔是一篇祭文，由贾宝玉为死去的晴雯而作。该文很长，这里仅探讨开始的几句：“维太平不易之元，蓉桂竞芳之月，无可奈何之日，怡红院浊玉，谨以群花之蕊、冰鲛之縠、沁芳之泉、枫露之茗，四者虽微，聊以达诚申信，乃致祭于白帝宫中抚司秋艳芙蓉女儿之前……”[②] 针对“维太平不易之元”，有批语说：“年便奇。”[③]“维太平”倒着读是“平太维”：“太”在发音上相谐于“台”，“维”在发音上同纽于“湾”，“平太维”暗示“平台湾”。《清史稿》记载，康熙二十二年“八月……戊辰，施琅疏报师入台湾，郑克塽率其属刘国轩等迎降，台湾平”[④]。康熙二十二年，明郑曾使用“永历三十七年”。所谓“永历三十七年”，相关于“不易之元”：“永历”，在含义上相通于“不易”；“永历三十七年”，乃是郑氏政权灭亡之年，堪称“易之元”。在“维太平不易之元”的表述中，“不”前承“维太平”，后启“易之元”，意

① 《脂砚斋重评石头记》（甲戌本），载刘世德、陈庆浩、石昌渝主编《古本小说丛刊》第 40 辑，北京：中华书局，1991 年，第 2207 页。

② 古本小说集成编辑委员会编：《脂砚斋重评石头记》（庚辰本），上海：上海古籍出版社，1992 年，第 1857 页。

③ 古本小说集成编辑委员会编：《脂砚斋重评石头记》（庚辰本），上海：上海古籍出版社，1992 年，第 1857 页。

④ 赵尔巽等撰：《清史稿》，北京：中华书局，1977 年，第 212 页。

味着小说作者不希望发生永历三十七年清军平定明郑之事。针对“蓉桂竞芳之月”，有批语说：“是八月。”[①] 清军正式进驻台湾，时值当年八月。针对“无可奈何之日”，有批语说：“日更奇。细思日何难于说真某某。今偏用如此说，可则知矣。”[②] 所谓“无可奈何之日”，相关于施琅疏报师入台湾的“戊辰”之日：“无可奈何”的“无”，在发音上与“戊辰”的“戊”相谐；“无可奈何”的“奈”，在写法上与“戊辰”的“辰”有相似之处。“无可奈何”的“可”，则相同于“秦可卿”的“可”，“秦可卿”相关于“秦淮河”；“秦淮河”的“河”，谐音和形似于“无可奈何”的“何”。这些情况，意味着渊源于南京的朱明彻底结束了。针对“怡红院浊玉”，有批语说：“自谦的更奇。盖常以‘浊’字许天下之男子，竟自谓。所谓‘以责人之心责已’矣。”[③] “怡红院”，既可以理解为“移红院”，又可以理解为“怡红完”：前者意味着朱明的江山被消除，后者意味着朱明的安逸被消除，都是一个意思。至于“浊玉”，意味着朱明玉玺归清朝，并为清朝所污。针对“群花之蕊”，有批语说“奇香”；针对“冰鲛之縠”，有批语说“奇帛”；针对“沁芳之泉”，有批语说“奇奠”；针对

---

① 古本小说集成编辑委员会编：《脂砚斋重评石头记》（庚辰本），上海：上海古籍出版社，1992 年，第 1857 页。

② 古本小说集成编辑委员会编：《脂砚斋重评石头记》（庚辰本），上海：上海古籍出版社，1992 年，第 1857 页。

③ 古本小说集成编辑委员会编：《脂砚斋重评石头记》（庚辰本），上海：上海古籍出版社，1992 年，第 1857 页。

“枫露之茗”，有批语说“奇名”[1]。“群花之蕊”的“蕊”，内含“心”；“奇香”的“香”，谐音于“想”：“心”和“想”相通。“冰鲛之縠”的“縠”，乃是绉纱；“奇帛”的“帛”，乃是丝织品：“縠”“帛”皆为织物，而“縠”在写法上相近于“繫”，“繫”可以解释为牵挂。“沁芳之泉”的“泉”，相关于“死”“故”，“死”“故”又相关于“奇奠”的“奠”。“枫露之茗”的“茗”，谐音于“明”；“奇名”的“名”，亦谐音于“明”。“蕊”内含的“心”，与“縠”形似的“繫”，与“泉”通意的“故”，与“茗”谐音的“明”，四字连起来构成“心繫故明”，也就是“心系故明”。针对“白帝宫中抚司秋艳芙蓉女儿”，有批语说“奇称”[2]。这个“奇称”，相关于明朝皇帝。明朝有十六位皇帝，如果按照相反于他们在位先后顺序的顺序，将他们对应的庙号依次列举出来，结果是这样的：思宗、熹宗、光宗、神宗、穆宗、世宗、武宗、孝宗、宪宗、英宗、代宗、英宗（英宗朱祁镇两度在位）、宣宗、仁宗、太宗、惠宗、太祖。在这样顺序的庙号中，前六个庙号里的“思”“熹”“光”“神”“穆”“世”六字，分别对应“白帝宫中抚司”六字：“思”内含的“田”在写法上与“白”有相似之处，“熹”在发音上与“帝”同韵，“光”

---

① 古本小说集成编辑委员会编：《脂砚斋重评石头记》（庚辰本），上海：上海古籍出版社，1992 年，第 1857 页。

② 古本小说集成编辑委员会编：《脂砚斋重评石头记》（庚辰本），上海：上海古籍出版社，1992 年，第 1857 页。

在发音上与“宫”同纽，“神”内含的“申”在写法上与“中”有相似之处，“穆”在发音上与“抚”同韵，“世”在发音上与“司”同韵。“白帝宫中抚司”之后的“秋艳芙蓉女儿”六字，则分别对应“武宗”的“武”、“宪宗”的“宪”、“英宗”的“英”、“宣宗”的“宣”、“太宗”的“太”、“太祖”的“祖”：“秋”内含的“禾”“火”容易让人想到用火烧庄稼的横暴行为，而横暴可以相关于“武”；“艳”在发音上与“宪”同韵；“芙”在写法上与“英”非常相近；“蓉”在写法上与“宣”有相似之处；“女”在写法上与“太”有相似之处；“儿”的繁体是“兒”，“兒”内含的“臼”在写法上与“祖”内含的“且”有相似之处，“兒”内含的“儿”在写法上与“祖”内含的“礻”有相似之处。在列出的十多个皇帝庙号中，前七个庙号都被涉及，第七个以后的庙号只有部分被涉及：前面的情况，具有连续性；后面的情况，在较大范围内呈现隔一涉一的跳跃性，只是因为英宗朱祁镇两次在位才有一些复杂状态。总的来看，“白帝宫中抚司秋艳芙蓉女儿”折射和代表明朝。

在脂评庚辰本第七十八回中，还有“老学士闲征姽婳词”的故事。这个故事，相关于“林四娘”。林四娘之死，根源于贾政所说“‘黄巾’‘赤眉’一干流贼余党复又乌合抢掠山左一带”。对此，有批语说：“妙！‘赤眉’‘黄巾’两时之事，今合而为一，盖云不过是此等众类，非特历历指名某赤某黄。

若云不合两用，便呆矣。”① 所谓“黄巾”，相通于后金以及皇太极正式建立的清朝：“巾”在发音上与后金政权的国号“金”相谐，“黄”在发音上与“皇太极”的“皇”相谐。皇太极正式建立的清朝，又相通于贾政所说的“流贼”：在冒辟疆眼中，清军就是流入关内的“贼”。所谓“赤眉”，相通于朱明：“赤”在含义上与“朱明”的“朱”可以相统一，“眉”在写法上与“朱明”的“明”有相似之处。朱明又相通于贾政所说的“余党”：南明是明朝的残余，明郑是南明的残余。所谓“‘赤眉’‘黄巾’……合而为一”，意味着朱明为清朝所取代。

也许有人不同意笔者在上段中对“赤眉”“黄巾”合而为一的分析，可是脂评本还有林黛玉、薛宝钗合而为一，前者的道理与后者的道理是相同的。前文已经说过，薛宝钗象征着清朝，而林黛玉有董小宛的影子和陈圆圆的影子。其实，林黛玉还相关于朱明。在脂评已卯本第六十四回中，有“幽淑女悲题五美吟”的故事。所谓“幽淑女”，就是林黛玉；所谓“五美吟”，涉及西施、虞姬、明妃、绿珠、红拂，她们都是命运多舛而又胆识过人的女子。理解这些情况，需要联系历史上的残明宁靖王朱术桂，他是台湾郑氏政权时期朱明的象征。在明郑就要覆亡时，朱术桂选择了自杀。《南疆逸史》

① 古本小说集成编辑委员会编：《脂砚斋重评石头记》（庚辰本），上海：上海古籍出版社，1992 年，第 1843 页。

记载，在朱术桂自杀前，其妾侍“袁氏、王氏、秀姑、梅姊、荷姊俱冠笄被服出拜，……齐缢于堂”；“妾媵五棺，埋于文贤里大林边，……台人表为五烈墓云”[①]。有了这“五烈”，才有《石头记》第六十四回中的“五美吟”。至于朱术桂，他的影子集中在林黛玉。朱术桂临终时，自称年纪“六十有六”[②]；既然所谓壬午曹雪芹之死影射明朝末期的甲申崇祯帝之死，而壬午比甲申早两年，那么，明郑尾声时宁靖王的六十六岁可以减两岁，结果是六十四岁；这个六十四岁，相通于小说中林黛玉题五美吟的故事所在的“第六十四回”。由于朱术桂是台湾郑氏政权时期朱明的象征，林黛玉也就可以理解为朱明的象征。林黛玉与薛宝钗的矛盾，蕴含着明清矛盾。庚辰本第四十二回有“蘅芜君兰言解疑癖”和“潇湘子雅谑补余香”的故事。所谓“蘅芜君”，就是薛宝钗；所谓“潇湘子”，就是林黛玉。第四十二回有这样的回前墨：“钗、玉名虽二个，人却一身，此幻笔也。今书至三十八回时，已过三分之一有余，故写是回使二人合而为一。请看黛玉逝后宝钗之文字，便知余言不谬矣。”[③] 理解这些表述，需要联系《清史稿》的这个记载：康熙二十三年“夏四月己酉”，清廷“设

① 温睿临撰：《南疆逸史》，北京：中华书局，1959 年，第 373 页。

② 温睿临撰：《南疆逸史》，北京：中华书局，1959 年，第 373 页。

③ 古本小说集成编辑委员会编：《脂砚斋重评石头记》（庚辰本），上海：上海古籍出版社，1992 年，第 951 页。

台湾府县官，隶福建行省”[①]。在冒辟疆等朱明遗老看来，康熙二十三年四月己酉，乃是“永历三十八年四月己酉”。所谓“永历三十八年四月己酉”，能够对接于所谓“今书至三十八回时，已过三分之一有余”；这种对接，需要分解来说。“永历三十八年”，暗合于“今书至三十八回时”；这一年有十二个月，“四月”之时相关于全年的“三分之一”。“己酉”相通于“有余”：“有余”在古代写作“有餘”，“餘”内含的“余”可以解释为“我”，而“己”可以解释为“自己”，“自己”与“我”能够相通；至于“有餘”的“有”，则与“酉”谐音。所谓“第四十二回”，实际上象征着四十二年。影射崇祯帝之死的曹雪芹之死，被安排在壬午年，这一年相通于公元 1642 年；清朝设台湾府县官，是在康熙二十三年，这一年相通于公元 1684 年：从 1642 年至 1684 年，时间跨越四十二年。所谓使黛玉、宝钗“二人合而为一”，意味着朱明的痕迹彻底消失，清朝在行政建制上统一中国。至于“黛玉逝后宝钗之文字”，这里的“文字”就是清朝在台湾的府县官之“设”：“文字”可以分解为“文”“字”，“设”的繁体“設”可以分解为“言”“殳”；“文”在写法上与“殳”相似，“字”在含义上与“言”相通。所谓“黛玉逝后宝钗之文字”，并不能证明八十回本是没有写完的书。所谓“书至三十

① 赵尔巽等撰：《清史稿》，北京：中华书局，1977 年，第 214 页。

八回时，已过三分之一有余”，就指明八十回本是完整的书。按八十回的篇幅来算，书至第二十七回为三分之一，书至第五十四回为三分之二；书至第二十七回与第五十四回之间的第三十八回，当然是“已过三分之一有余”。如果全书是一百二十回，书至第四十回为三分之一，书至第八十回为三分之二；书至第三十八回不及三分之一，更谈不上“已过三分之一有余”。曹寅在八十回本的基础上将小说拓展为一百二十回本，是完全没有必要的，他没有读懂原著。

在八十回本范围内，第三十九回无疑处于中心地带。在第三十九回里，存在着意味深长的内容：“贾母道：‘老亲家，你今年多大年纪了?’刘姥姥忙立身答道：‘我今年七十五了。’贾母向众人道：‘这么大年纪了，还这么健壮。……’……刘姥姥……说道：‘我们村庄上种地种菜。……去年冬天，接连下了几天雪，地下压了三四尺深。我那日起的早，还没出房门，只听外头柴草响。我想着必定是有人偷柴草来了。……’贾母道：‘必定是过路的客人们冷了，见现成的柴，抽些烤火去也是有的。’刘姥姥笑道：‘……原来是……十七八岁的极标致的一个小姑娘，梳着溜油光的头，穿着大红袄儿，白绫裙子——’刚说到这里，忽听外面人吵嚷起来。……贾母等听了，忙问：‘怎么了?’丫鬟回说：‘南院马棚里走了水。不相干，已经救下去了。’

贾母……见东南上火光犹亮。”[1] 所谓“第三十九回”，既相关于冒辟疆出生的万历三十九年，又相关于冒辟疆心中的“永历三十九年”。这个“永历三十九年”，不但超过台湾郑氏政权最后使用的“永历三十七年”，而且超过前文所说冒辟疆心中的“永历三十八年”；从冒辟疆的主观愿望来说，他不希望朱明的符号消失。从真实历史上的万历三十九年，到作者心目中的“永历三十九年”，两个“三十九”相加的结果是“七十八”；这个“七十八”，贯通于涉及晴雯之死和林四娘之死的“第七十八回”。冒辟疆出生的万历三十九年，相当于公元1611年；冒辟疆心中的“永历三十九年”，实为康熙二十四年，相当于公元1685年：出生于1611年的冒辟疆，在1685年时周岁为七十四、虚岁为七十五。这个“七十五”，相通于第三十九回中刘姥姥所说“我今年七十五了”。这些情况，意味着刘姥姥有冒辟疆的影子。在第三十九回中刘姥姥提及“去年冬天”，乃是指康熙二十三年冬天。按照刘姥姥的表述，康熙二十三年冬“接连下了几天雪，地下压了三四尺深”。笔者在前文中说过，所谓“雪”相关于清朝。《清史稿》记载，康熙二十三年冬“十一月壬戌朔，上驻江宁。癸亥，诣明陵致奠。乙丑，回銮”[2]。也就是说，这年十一月初一日至初四

① 古本小说集成编辑委员会编：《脂砚斋重评石头记》（庚辰本），上海：上海古籍出版社，1992年，第888—892页。

② 赵尔巽等撰：《清史稿》，北京：中华书局，1977年，第216页。

日，康熙帝曾停留于明朝故都南京；由此出发，就能理解所谓“几天雪”“三四尺深”。至于那位“十七八岁”的小姑娘，则影射自缢于崇祯十七年的明朝末君朱由检之阴魂：所谓“溜油光的头”，实际上呈现清朝男人的头，那时的男人要将许多头发剃掉；所谓“大红袄儿”，意味着此人属于朱明；所谓“白绫裙子”，意味着此人已经死去。至于“南院马棚里走了水”，“东南上火光犹亮”，则是对清军南下、南明乃至明郑败亡的再现。为什么崇祯帝阴魂在康熙二十三年冬季到刘姥姥庄上抽柴烤火？就是因为此时朱明在中国境内已经没有任何痕迹，崇祯帝阴魂无处停留。这个设计，体现了冒辟疆在政治上对朱明的留恋和在精神上对故主的守护。

笔者在上段中分析小说第三十九回有关情节时，曾提及康熙帝于康熙二十三年十一月初在江宁停留之史料，这涉及康熙帝第一次南巡。也就是说，《石头记》中确有康熙帝南巡的影子。然而，胡适将《石头记》中的“接驾”等同于历史上曹寅接驾，那是完全错误的。小说中的“接驾”之谜，需要紧密联系朱明。对此，笔者在下文中作出有步骤、有层次的分析。

在小说第十六回中，王熙凤提及“当年太祖皇帝仿舜巡的故事，比一部书还热闹”，她遗憾于自己未能“早生二三十年”，“偏没造化赶上”。赵嬷嬷则说那时“贾府正在姑苏扬州一带监造海舫，修理海塘。只预备接驾一次，把银子都花的淌海水似的"[①]。如果说王熙凤影射南明的弘光帝朱由崧，王熙凤提到的"太祖皇帝"就应该是明朝建立者洪武帝朱元璋。从朱元璋即位的公元1368年，到朱由崧即位的公元1644年，跨越二百七十六年，这个时间长度可以称作"二三百年"；这里的"二三百年"，在事实上相通于小说中王熙凤所说"二三十年"。至于赵嬷嬷所说"姑苏扬州"，相关于历史上的张士诚、张明鉴：张士诚曾占据姑苏，张明鉴曾占据扬州；无论张士诚，还是张明鉴，都既反对过元朝，又归顺过元朝，他们最终都为朱元璋所平定。小说中相关于太祖的接驾，意味着朱元璋建立明朝。

在小说第十六回中，王熙凤就"接驾"事情又讲："我们王府也预备过一次。那时我爷爷单管各国进贡朝贺的事，凡有的外国人来，都是我们家养活。粤、闽、滇、浙所有的洋船货物，都是我们家的。"针对王府，赵嬷嬷提及"东海少了白玉床，龙王来请江南王"[②]。所有这些表述，相关于明朝的朱厚熜。《明史》记载，朱厚熜之父是"兴献王祐杬，国安陆，正德十四年薨"。时朱厚熜"年十有三，以世子理国事"。"十六年三月辛酉，未除服，特命袭封。丙寅，武宗崩，无嗣，慈寿皇太后与大学士杨廷和定策，……以遗诏迎王于兴

---

① 《脂砚斋重评石头记》（甲戌本），载刘世德、陈庆浩、石昌渝主编《古本小说丛刊》第40辑，北京：中华书局，1991年，第2534—2535页。

② 《脂砚斋重评石头记》（甲戌本），载刘世德、陈庆浩、石昌渝主编《古本小说丛刊》第40辑，北京：中华书局，1991年，第2535页。

邸。”“夏四月癸未，发安陆。癸卯，至京师，……即皇帝位。以明年为嘉靖元年，大赦天下。”[①] 嘉靖“十八年春二月……乙卯，幸承天，太子监国。辛酉，次真定，望于北岳。丁卯，次卫辉，行宫火。三月己巳，渡河，祭大河之神。辛未，次钧州，望于中岳。甲戌，免畿内被灾税粮。庚辰，至承天。辛巳，谒显陵。甲申，享上帝于龙飞殿，奉睿宗配。秩于国社、国稷，遍群祀。戊子，御龙飞殿受贺，诏赦天下。给复承天三年，免湖广明年田赋五之二，畿内、河南三之一”。“夏四月壬子，至自承天。壬戌，免湖广被灾税粮。甲子，幸大峪山。丙寅，还宫。”[②] 所谓“兴献王”，相通于赵嬷嬷所说“江南王”：“兴”的繁体是“興”，“興”内含“同”，“同”在发音上同韵于“江”内含的“工”；“献”在发音上同韵于“南”；“王”则直通。所谓“安陆”，在地理位置上亦相近于“江南”。所谓“武宗崩”，相通于赵嬷嬷所说“少了白玉床”。武宗是皇帝。“皇帝”的“皇”，相关于“白玉床”的“白玉”：“白”乃是“皇”之上半部，“玉”内含作为“皇”之下半部的“王”。“皇帝”的“帝”，相关于“白玉床”的“床”：“床”在写法上与“帝”有相似之处。武宗之“崩”，相关于“少了”。赵嬷嬷所说“东海少了白玉床，龙王来请江南王”，意味着武宗离世以后，朝廷请朱厚熜继位。朱厚熜即

① 张廷玉等撰：《明史》，北京：中华书局，1974 年，第 215—216 页。
② 张廷玉等撰：《明史》，北京：中华书局，1974 年，第 229 页。

世宗，也就是嘉靖帝。嘉靖帝南巡，乃是大一统的明朝之皇帝最后一次南巡。基于嘉靖帝，能够解释小说中王熙凤所讲“粤、闽、滇、浙所有的洋船货物，都是我们家的”。嘉靖年间，倭寇疯狂骚扰浙江、福建、广东等沿海地区，甚至深入内地；也是在嘉靖年间，缅甸的洞吾王朝侵犯中国云南地区；还是在嘉靖年间，西方的葡萄牙人开始出现于澳门。这样，就将王熙凤提到的“粤、闽、滇、浙”都涉及了。至于王熙凤所讲的“我爷爷”，在事实上需要理解为“我爷爷的爷爷”，因为曾经南巡的嘉靖帝是弘光帝的高祖父。小说作者在“接驾”问题上安排“王府也预备过一次”，就是影射在明朝由盛而衰进程中具有关键转变作用的嘉靖帝。

在小说第十六回中，赵嬷嬷就“接驾”事情又讲：“现在江南的甄家……接驾四次。若不是我们亲眼看见，告诉谁谁也不信的。”[①] 如果说贾家接驾一次相关于明朝建立者洪武帝朱元璋，王家接驾一次相关于在明朝由盛而衰进程中起关键转变作用的嘉靖帝朱厚熜，那么，江南甄家接驾四次则相关于南明的弘光帝朱由崧、隆武帝朱聿键、绍武帝朱聿𨮁、永历帝朱由榔。甄家影射的南明已经是残明，它若能够收复失地，则复国成功。然而，南明消失了；这既是在历史上真实出现的悲剧，又是小说作者抱憾终天的痛苦。

---

① 《脂砚斋重评石头记》（甲戌本），载刘世德、陈庆浩、石昌渝主编《古本小说丛刊》第40辑，北京：中华书局，1991年，第2535页。

综上所述，从洪武帝在南方开启明朝，到嘉靖帝北上即位、南下巡视，再到南明四位皇帝，涉及朱明几个至关重要的阶段。王熙凤所说“二三十年”，需要理解为“二三百年”，“二三百年”是“二三十年”的“十倍”；王熙凤所说“我爷爷”，需要理解为“我爷爷的爷爷”，“我爷爷的爷爷”是“我爷爷”的“二倍”；赵嬷嬷所说甄家“接驾四次”，则相关于“南明四帝”，“南明四帝”之“四”是“接驾四次”之“四”。这些情况，呈现奇妙的关系和结构。

不同于从朱明视角考察《红楼梦》中的“接驾”，胡适《〈红楼梦〉考证》将小说中贾家一次接驾、甄家四次接驾与曹寅接驾联系起来。这种做法，在胡适得到甲戌本以后被再次提起。不过，他没有重现自己原来在概括曹寅接驾次数时摇摆不定的状况，而是将其锁定在“四次”，这样能够贯通于甲戌本中针对“现在江南的甄家……接驾四次”所出现的批语：“甄家正是大关键，大节目。勿作泛泛口头语看。”[①] 胡适在看到庚辰本以后，注意到其中有关接驾问题的一些批语。针对“贾府……只预备接驾一次”一句，有批语说：“又要瞒人。”而于“现在江南的甄家……接驾四次”一段旁，有批语说：“点正题正文。”又有批语说：“真有是事，经过见过。”根据这些批语，胡适强调：“甄家在江南，即是三代在南京做

① 胡适：《考证〈红楼梦〉的新材料》，载胡适著《红楼梦考证》，北京：北京出版集团公司、北京出版社，2016 年，第 80 页。

织造时的曹家；贾家即是小说里假托在京城的曹家。《红楼梦》写的故事的背景即是曹家，这南巡接驾的回忆是一个铁证，因为当时没有别的私家曾做过这样的豪举。”[①] 胡适所有这些言论，基于自身需要而回避王家、淡化贾家、凸显甄家，但是效果并不好。

需要特别指出的是，胡适曾专门提及甲戌本第十六回前的一条总评：“借省亲事写南巡，出脱心中多少忆昔感今！”胡适认为，这条总评使他本人将曹寅接驾与《红楼梦》中的“接驾”联系起来这种做法的正确性得以“证实”[②]。其实，情况并非如此。在庚辰本第十七回至十八回中，有贾妃省亲的故事。在贾妃省亲期间，演过这样四出戏：“第一出《豪宴》，第二出《乞巧》，第三出《仙缘》，第四出《离魂》。”针对《豪宴》，有批语说：“《一捧雪》中，伏贾家之败。”针对《乞巧》，有批语说：“《长生殿》中，伏元妃之死。”针对《仙缘》，有批语说：“《邯郸梦》中，伏甄宝玉送玉。”针对《离魂》，有批语说：“《牡丹亭》中，伏黛玉死。”[③] 所谓“贾家之败”，乃是明朝败亡，关节点是崇祯帝朱由检自缢；所谓“元妃之死”，乃是南明败亡，关节点是永历帝朱由榔被害；

① 胡适：《跋乾隆庚辰本〈脂砚斋重评石头记〉抄本》，载胡适著《红楼梦考证》，北京：北京出版集团公司、北京出版社，2016 年，第152—153 页。

② 胡适：《考证〈红楼梦〉的新材料》，载胡适著《红楼梦考证》，北京：北京出版集团公司、北京出版社，2016 年，第 80 页。

③ 古本小说集成编辑委员会编：《脂砚斋重评石头记》（庚辰本），上海：上海古籍出版社，1992 年，第 394 页。

所谓“黛玉死”，乃是明郑败亡，其中涉及宁靖王朱术桂自缢。这些情况，都是前文已经分析过的。在“元妃之死”相关于永历帝朱由榔、“黛玉死”相关于宁靖王朱术桂的情况下，能够解释“甄宝玉送玉”。永历帝曾封郑成功为“延平王”，此前隆武帝还曾赐“朱”姓于郑成功；在台湾的郑氏政权奉朱明为正统，然而朱术桂仅有象征意义。朱明宗室与郑氏政权的微妙关系，正是“甄宝玉送玉”真正含义之所在。这样解释“甄宝玉送玉”，能够使其与“贾家之败”“元妃之死”“黛玉死”之间实现逻辑贯通、浑然一体。庚辰本第十七回至十八回有批语说：“所点之戏剧伏四事，乃通部书之大过节、大关键。”① 这些大过节、大关键，反映了朱明自北向南、由西到东的衰亡过程。

朱明末世有不同的发展时期，不同的发展时期又有各自特有的重要因素。这些时期和因素，有时于《石头记》中得到比较全面的浓缩和比较集中的体现。在脂评庚辰本第五十二回中，薛宝琴道：“我八岁时节，跟我父亲到西海沿子上买洋货。谁知有个真真国的女孩子，才十五岁，那脸面就和那西洋画上的美人一样，也披着黄头发，打着联垂，满头带的都是珊瑚、猫儿眼、祖母绿这些宝石；身上穿着金丝织的锁子甲洋锦袄袖；带着倭刀，也是厢金嵌宝的。实在画儿上的

① 古本小说集成编辑委员会编：《脂砚斋重评石头记》（庚辰本），上海：上海古籍出版社，1992 年，第 394 页。

也没他好看。"[①] 前文说过，薛宝钗能够贯通于后金的源头。至于薛宝琴，则能够直接对应康熙帝："薛宝琴"的"琴"之上半部分可以视为"玨"，"玨"同"珏"，"珏"乃是合在一起的两块玉，而"玨"在这里能够看作合在一起的两位帝王，实际上意味着康熙帝完全消灭朱明；冒辟疆在康熙年间生活了数十载，"薛宝琴"的"琴"之下半部分意味着"当今"，暗指康熙帝。薛宝琴自称的"八岁"，相关于康熙帝八岁即位；所谓"八岁时节"的"节"，其繁体为"節"，"節"内含"即位"的"即"。康熙帝即位于顺治十八年，也就是南明永历十五年。南明永历十五年，相通于薛宝琴所说那个真真国女孩子的"十五岁"。这里的"十五岁"，又相关于崇祯帝。前文说过，所谓壬午曹雪芹之死影射甲申崇祯帝之死，而壬午相当于崇祯十五年。崇祯十五年，相通于那个真真国女孩子的"十五岁"。所谓"崇祯"，相通于"真真"："祯"的繁体是"禎"，"禎"在写法上与"真"有相似之处，"禎"在发音上亦与"真"相谐；"崇"可以与"重"连用而构成"崇重"，作为多音字的"重"在发音上又可以与"崇"相谐，谐音于"崇"的"重"可以解释为"重叠"，使相关于"祯"的"真"呈重叠状，就会出现"真真"。崇祯帝出生于明朝万历三十八年，这一年相通于公元 1610 年；康熙帝即位

① 古本小说集成编辑委员会编：《脂砚斋重评石头记》（庚辰本），上海：上海古籍出版社，1992 年，第 1208 页。

于顺治十八年，这一年相通于公元1661年。如果崇祯帝活到1661年，他该有五十一周岁、五十二虚岁。这个五十二虚岁，相通于提及“真真国”的庚辰本第五十二回。那个真真国的女孩子，“满头带的都是珊瑚、猫儿眼、祖母绿这些宝石”：“宝石”的“宝”，直接相关于宝玉、玉玺，进而引入朱明皇室；“宝石”的“石”直接相关于石头，进而引入小说作者。从朱明皇室角度看，崇祯帝自缢之时，有三个儿子在世，他们是朱慈烺、朱慈炯、朱慈炤。此三人，分别相关于“猫儿眼”“珊瑚”“祖母绿”：“朱慈烺”的“烺”内含“良”，“猫儿眼”的“眼”内含“艮”，“良”内含“艮”；“朱慈炯”的“炯”内含“冋”，“珊瑚”的“珊”内含“册”，“珊瑚”的“瑚”内含“月”，“冋”在写法上与“册”“月”都有相似之处；“朱慈炤”的“炤”内含“召”，“祖母绿”的“祖”内含“且”，“召”在写法上与“且”有相似之处，“召”在写法上还与“祖母绿”的“母”有相似之处。从小说作者角度看，他姓冒，大名襄，小名缊缊，晚年曾自号醉茶老人。“冒襄”“缊缊”“醉茶老人”，分别相关于“猫儿眼”“珊瑚”“祖母绿”：“冒襄”的“冒”，在发音上与“猫儿眼”的“猫”相谐；“缊缊”的“缊”，在发音上与“珊瑚”的“珊”同纽；“醉茶老人”的“醉”，在发音上与“祖母绿”的“祖”有相似之处。所谓“满头带的都是珊瑚、猫儿眼、祖母绿这些宝石”中的“满头”，意味着满洲人建立的清朝。那个真真国的女孩子，“身上穿着金丝织的锁子甲洋锦袄袖”，这相关于南明四位皇帝。所谓“锁子甲”，影射弘光帝朱由崧：“锁子甲”的“锁”，在发音上同纽于“朱由崧”的“崧”；“锁子甲”的“子”，在写法上与“朱由崧”的“朱”有相似之处；“锁子甲”的“甲”，在写法上是“朱由崧”的“由”之倒置。在“锁子甲”之前，提到“金丝织的”：“金”乃是后金政权的国号，后金是清朝的前身；“金丝织的”，意味着朱由崧被清朝抓获和杀害。所谓“锦袄袖”的“锦”，影射隆武帝朱聿键：“锦”在发音上与“朱聿键”的“键”有相似之处。所谓“锦袄袖”的“袄”，影射绍武帝朱聿鐭：“袄”的繁体是“襖”，“襖”在写法上与“朱聿鐭”的“鐭”有相同之处。所谓“锦袄袖”的“袖”，影射永历帝朱由榔：“袖”内含的“衣”，在写法上与“永历”的“永”有相似之处；“袖”内含的“由”，在含义上能够相通于“永历”的“历”。在“锦袄袖”之前，提到“洋”：“洋”在写法上与“清”有相同和相似之处，朱聿键、朱聿鐭、朱由榔的命运都受制于清朝。那个真真国的女孩子，“披着黄头发，打着联垂”；所谓“黄头发”“联垂”，相通于前文提到过的第七十八回所说“黄巾”“赤眉”。“黄巾”对应“黄头发”：“黄”直通；“巾”可以解释为裹头束发的织物，自然相关于“头发”。“赤眉”对应“联垂”：“赤”在发音上与“垂”同纽，“眉”内含的“目”与“联”内含的“耳”具有密切关系。笔者曾强调，所谓“黄巾”“赤眉”合而为一，意味着朱明为清朝所取代。所谓“披着黄头发，打着联垂”，也意味着朱明为清朝所取代。那个真真国的女孩子“带着倭刀”，这与前文提到过的倭寇具有关联；崇祯帝出生以后，东南沿海仍然存在过倭寇。至于“厢金嵌宝”，则相关于明清乃至小说作者：“金”影射后金乃至清朝；“宝”影射朱明；“厢”谐音于“冒襄”的“襄”；“嵌”谐音于“潜”，冒襄卒后私谥潜孝先生。在冒襄安排下，薛宝琴强调，有人说这个女孩子“通中国的诗书，会讲五经，能作诗填词”①。这个女孩子有这样一首诗：

昨夜朱楼梦，今宵水国吟。岛云蒸大海，岚气接丛林。月本无今古，情缘自浅深。汉南春历历，焉得不关心。②

在所谓“昨夜朱楼梦，今宵水国吟”中，“朱楼”的“朱”乃是“朱明”的“朱”，“水国”的“水”内含于“清朝”的“清”；诗句意味着朱明已逝，清朝正旺。朱明的最后一支势力，是台湾的郑氏政权；郑氏政权在台湾的统治，是郑成功在驱逐那里的荷兰殖民者以后建立起来的。荷兰，在

① 古本小说集成编辑委员会编：《脂砚斋重评石头记》（庚辰本），上海：上海古籍出版社，1992年，第1208页。

② 古本小说集成编辑委员会编：《脂砚斋重评石头记》（庚辰本），上海：上海古籍出版社，1992年，第1210页。

《明史》中记载为“和兰”[1]。在所谓“岛云蒸大海”中，“岛”就是台湾岛，“蒸”谐音于“郑成功”的“郑”，“海”相关于“清朝”的“清”；在所谓“岚气接丛林”中，“岚”谐音于“和兰”的“兰”，“接”通意于“和兰”的“和”，“林”就是“林黛玉”的“林”，而林黛玉相关于朱明。和兰侵占朱明的台湾，驱逐和兰殖民者的明郑为清朝所灭。所谓“月本无今古，情缘自浅深”，需要着重理解“月本”“情缘”。“月本”中的“本”，可以解释为根本，暗指“日”；相对于“月”来说，“日”是根本：“日”与“月”可以组成“明”。“情缘”中的“情”，谐音于“清”。“月本”暗指朱明，“情缘”暗指清朝。“月本无今古，情缘自浅深”反映了朱明和清朝双方力量的此消彼长，此种情况在南明时期表现得最为突出。针对这两句诗，庚辰本有批语说“壮丽之至”[2]；理解这个批语，需要变通，实际上是“悲惨之至”。所谓“汉南春历历，焉得不关心”，前者意味着洪武元年春朱元璋在南京建立明朝，后者相关于崇祯十七年春明朝灭亡。在这里，着重分析“焉得不关心”。“焉”在发音上与“约”同纽；“得”在发音上与“德”相谐，“得”在写法上亦与“德”有相同和相似之处；“不”在发音上与“朱”同韵，“不”在写

① 张廷玉等撰：《明史》，北京：中华书局，1974年，第8434页。

② 古本小说集成编辑委员会编：《脂砚斋重评石头记》（庚辰本），上海：上海古籍出版社，1992年，第1210页。

法上亦与“朱”有相似之处：“焉”“得”“不”分别影射“约”“德”“朱”，后三个字连起来再倒着读，就会出现“朱德约”，朱德约就是崇祯帝朱由检。相关于“约”的“焉”内含“正”，象征着明王朝是正统；相关于“朱”的“不”，意味着明王朝灭亡了。“焉得不关心”，暗示着崇祯帝自缢、明王朝灭亡非常严重地冲击着冒襄的内心世界。总起来看，这首诗首联强调朱明已经绝迹，颔联涉及明郑情况，颈联涉及南明情况，尾联涉及明朝情况，呈现倒叙手法。朱明消亡，堪称归西；将其与“西海”“西洋”的因素交织起来，属于艺术手法。《明史》记载，所谓“和兰”，又叫“红毛番”[①]。在“红毛番”这个名称中，“红”在含义上相通于“朱明”的“朱”，“毛”在发音上相谐于“冒襄”的“冒”，“番”可以解释为“更替”。《石头记》作者在事实上巧妙地利用了这些情况，迂回地通过西方表现朱明消亡乃至冒家衰落。在小说中，薛宝琴于众人面前念完真真国女孩的诗以后，众人都说这个西洋的女孩子“竟比我们中国人还强”[②]。所谓“竟比我们中国人还强”，是否意味着《石头记》作者探讨和预测了中国与外国之关系在一定时期内的根本走向呢？笔者以为，这种探讨和预测极度隐晦、非常抽象，但是真实存在、无比重

① 张廷玉等撰：《明史》，北京：中华书局，1974年，第8434页。

② 古本小说集成编辑委员会编：《脂砚斋重评石头记》（庚辰本），上海：上海古籍出版社，1992年，第1210页。

要。如果不是这样，为什么小说作者有时将朱明末世同所谓“西海”“西洋”交融起来？正是在这种交融中，作者深刻思考了在一定时期内中国与外国之关系的根本走向、世界东方与世界西方之关系的根本走向。

八十回本《石头记》寄托着作者冒辟疆对朱明的深厚感情。冒辟疆曾说：“国家培养人才三百年，而先帝更溢额取士，鼓励多方，一时衮衮名流，咸登枢要”。“崇祯十七年三月十九日”，先帝亡。“讣闻，余小子挥泪……”① 脂评庚辰本第七十八回有批语在提及“赤眉”“黄巾”合而为一时，强调“此书全是如此”②；这个情况，意味着清朝取代朱明成为不可逆转的事实，作者实在是万般无奈和万分悲凉。冒辟疆心系明朝，至死不与清朝合作。《清史稿》记载，冒辟疆“既隐居不出，名益盛。督抚以监军荐，御史以人才荐，皆以亲老辞。康熙中，复以山林隐逸及博学鸿词荐，亦不就”③。冒辟疆撰写的《石头记》，有不少地方涉及康熙二十二年前后的历史；康熙二十二年，冒辟疆已有七十多岁。他还曾写道：“献岁八十，十年来火焚刃接，惨极古今。十二世创守世业，高曾祖父墓田丙舍，豪家尽踞，以致四世一堂不能团聚。两子罄竭并不能供犬马之养，乃鬻宅移居陋巷，独处仍手不释卷，笑

① 万久富、丁富生主编：《冒辟疆全集》，南京：凤凰出版社，2014 年，第 349 页。

② 古本小说集成编辑委员会编：《脂砚斋重评石头记》（庚辰本），上海：上海古籍出版社，1992 年，第 1843 页。

③ 赵尔巽等撰：《清史稿》，北京：中华书局，1977 年，第 13851 页。

傲自娱，每夜灯下写蝇头数千，朝易米酒。”[1] 所谓“献岁八十，十年来火焚刃接”，“每夜灯下写蝇头数千”，暗示着冒辟疆用十年时间撰写《石头记》。笔者粗略地作一个象征性的计算：如果冒辟疆每夜灯下写蝇头两千，那么，他每年能写蝇头七八万，十年能写蝇头七八十万；这个数量，抵得上八十回本《石头记》的篇幅。其实，事情要复杂得多。一般来说，冒辟疆每夜写蝇头的数量，肯定要多于两千甚至远远多于两千，而且小说还需反复修改。这些情况，相通于脂评甲戌本“凡例”所说“十年辛苦不寻常”[2]。

《石头记》又叫《金陵十二钗》。理解《金陵十二钗》，需要结合甲戌本第一回正文中的这些话：“那红尘中有却有些乐事，但不能永远依恃；况又有‘美中不足，好事多魔’八个字紧相连属；瞬息间则又乐极悲生，人非物换；究竟是到头一梦，万境归空。”与此相衔接，有批语说：“四句乃一部之总纲。”[3] 究竟是哪四句？这需要对前述那些话进行提炼和分析。那些话，包括六句要语、二十四个妙字在内：“美中不足，好事多魔”；“乐极悲生，人非物换”；“到头一梦，万境归空”。如果说该书中有金陵十二钗，中国历史上又有夏、

① 万久富、丁富生主编：《冒辟疆全集》，南京：凤凰出版社，2014 年，第 893 页。

② 《脂砚斋重评石头记》（甲戌本），载刘世德、陈庆浩、石昌渝主编《古本小说丛刊》第 40 辑，北京：中华书局，1991 年，第 2201 页。

③ 《脂砚斋重评石头记》（甲戌本），载刘世德、陈庆浩、石昌渝主编《古本小说丛刊》第 40 辑，北京：中华书局，1991 年，第 2204—2205 页。

商、周、秦、汉、晋、隋、唐、宋、元、明、清十二个主要王朝，而十二钗和十二朝在数量上相同的话，那么，前述六句要语的妙字数量则是那些王朝数量的两倍，也就是“二十四”比“十二”。如果将二十四字与十二朝均匀地对应起来，就会形成这样的状况：“美中”对应“夏”，“不足”对应“商”，“好事”对应“周”，“多魔”对应“秦”，“乐极”对应“汉”，“悲生”对应“晋”，“人非”对应“隋”，“物换”对应“唐”，“到头”对应“宋”，“一梦”对应“元”，“万境”对应“明”，“归空”对应“清”。在六句要语中，第三句（倒数第四句）是“乐极悲生”；“乐极悲生”的前两字“乐极”，对应“汉”。也就是说，六句要语的后四句对应从汉朝开始的八个主要王朝。值得注意的是，小说中的贾姓寒族人丁“不少，自东汉贾复以来，支派繁盛，各省皆有”①。基于这些情况，就能够理解所谓“四句乃一部之总纲”的根本指向了。汉朝的出现，决定了汉族之称谓的产生。如果说王莽即位标志着汉朝第一次灭亡，曹丕即位标志着汉朝第二次灭亡，那么，宋元交替则导致汉族政权第一次中断，明清交替又导致汉族政权第二次中断。《金陵十二钗》贯通着从夏朝到清初的中国历史，其中以汉朝以后的历史为重点，汉朝以后的历史以朱明为重点，朱明末世构成小说主题之所在。前

① 《脂砚斋重评石头记》（甲戌本），载刘世德、陈庆浩、石昌渝主编《古本小说丛刊》第40辑，北京：中华书局，1991年，第2246页。

文已经说过，“曹雪芹”有崇祯帝朱由检的影子。朱由检即位以前，明朝有十五位皇帝；影射朱由检之死的所谓曹雪芹之死，被“安排”在崇祯十五年。曹雪芹的“悼红轩”，需要分解。所谓“悼”，就是哀伤、追念。所谓“红”，就是朱。所谓“轩”，它的繁体是“軒”：“軒”内含“車”，象棋中的“車”在发音上相似于“朱”；“軒”内含“干”，古语中的“干”能够谐音于“乾”，“乾”可以解释为乾燥，这个“乾燥”就是今人熟悉的“干燥”。“轩”意味着朱由检离世，“悼红”意味着追念朱由检。朱由检离世以后，清军很快入关。明清之关系，在“曹雪芹”这个称呼中有所体现：所谓“芹”，谐音于“秦淮河”的“秦”，相关于朱明；所谓“雪”，谐音于“薛宝钗”的“薛”，相关于清朝；至于“曹”，则谐音于“冒辟疆”的“冒”，相关于小说作者。

《石头记》还叫《风月宝鉴》，而《风月宝鉴》密切相关于“东鲁孔梅溪”。探讨所谓“东鲁孔梅溪”，需要提及出生于东鲁的孔子和诸葛孔明。孔子是位杰出人物，他属于华夏族。华夏族在汉朝以后逐步有了汉族之称谓，而诸葛亮赶上了汉朝第二次灭亡，他毕生忠贞服务的蜀汉无法恢复汉朝。冒辟疆在自己的小时候，就受到儒学的教育；后来，冒辟疆赶上了汉族政权第二次中断，他曾经寄予厚望的南明无法恢复明朝。所谓“东鲁孔梅溪”，有时简化为“梅溪”。在甲戌本中，针对相关于明朝灭亡的“三春去后诸芳尽，各自须寻各自门”，有批语说：“见此二句，即欲堕泪。梅溪。”[①] 这里的“梅溪”，承接“堕泪”的“泪”：“泪”在发音上与“梅”同韵，“泪”在含义上与“溪”相通。至于《风月宝鉴》这个名称，也可以进行一些分析：“风月”就是小说第七十六回提及的“明月清风”[②]，这里直接出现“明”和“清”；“宝”就是朱明的玉玺；“鉴”在古代可以写作“鑑”，“鑑”内含的“金”影射后金乃至清朝，“鑑”内含的“監”可以解释为囚禁。所谓《风月宝鉴》，意味着明清斗争，主要是南明与清朝的斗争。现在来探讨“吴玉峰题曰《红楼梦》”。这个表述，与赵宋时代的岳鹏举有关：“吴”可以解释为大声说话，“举”可以解释为检举、揭发，二者在含义上能够相通；“玉”在发音上与“岳”同纽；“峰”在发音上与“鹏”同韵；“红”在发音上与“宋”同韵。所谓“吴玉峰题曰《红楼梦》”，还相关于明郑：“吴”在发音上与“无”相谐，“玉”就是玉玺，“峰”在发音上与“郑”同韵，“吴玉峰”意味着明郑消失；“红楼”象征朱明，“梦”就是归空，“红楼梦”意味着朱明灭亡。如果说岳飞曾英勇地抗击女真族建立的金朝，金朝长期侵扰宋朝，那么，冒辟疆则受制于由后金发展而来的清朝，清朝最终消灭朱明。脂评甲戌本第一回有批语

① 《脂砚斋重评石头记》（甲戌本），载刘世德、陈庆浩、石昌渝主编《古本小说丛刊》第40辑，北京：中华书局，1991年，第2451页。

② 古本小说集成编辑委员会编：《脂砚斋重评石头记》（庚辰本），上海：上海古籍出版社，1992年，第1768页。

明确提及“武侯之三分，武穆之二帝，二贤之恨及今不尽”[①]。在脂评庚辰本第七十七回里，贾宝玉于叹息中提到“孔子庙前之桧、坟前之蓍，诸葛祠前之柏，岳武穆坟前之松”，并且认为：“这都堂堂事大，随人之正气，千古不磨之物。世乱则萎，世治则荣。几千百年来，枯而后生者几次。”[②] 集中地涉及孔子、诸葛亮、岳飞，与小说的主题息息相关。这里需要特别指出的是，有观点认为这部小说蕴含着反对儒学的思想，然而这种观点是完全站不住的。

《石头记》还可以叫《情僧录》，而《情僧录》密切相关于“空空道人”。所谓“空空道人”，有具体含义：“道”在发音上与“冒辟疆”的“冒”同韵，两个“空”象征着国亡、家衰；所谓“空空道人”，既意味着辟疆失去朱明，又意味着冒家命运败落。至于《情僧录》这个名称，也是有内涵的：“情”在发音上与“清朝”的“清”相谐；“僧”在发音上与“郑克塽”的“郑”同韵；“录”的繁体是“録”，“録”内含的“金”影射后金乃至清朝，“録”内含的“录”在写法上与“朱”有相似之处，“録”意味着朱明与清朝合而为一。至于《石头记》，当然意味着冒辟疆无力补朱明之天，只能记载朱明败亡经过。

---

① 《脂砚斋重评石头记》（甲戌本），载刘世德、陈庆浩、石昌渝主编《古本小说丛刊》第40辑，北京：中华书局，1991年，第2218页。

② 古本小说集成编辑委员会编：《脂砚斋重评石头记》（庚辰本），上海：上海古籍出版社，1992年，第1810—1811页。

综上所述，从曹雪芹与《金陵十二钗》，到东鲁孔梅溪与《风月宝鉴》，再到吴玉峰与《红楼梦》，再到空空道人与《情僧录》，最后到《石头记》，这五个环节可以从两个视角来看待。从大视角来看：第一个环节，相关于从夏朝到清初的历史；第二个环节，相关于孔子、诸葛亮，从而涉及周朝、汉朝，八百年的周朝是秦朝以前存在时间最长的王朝，四百年的汉朝是秦朝以后存在时间最长的王朝，汉朝又导致汉族称谓的产生；第三个环节，相关于岳飞，从而涉及宋朝，宋朝是汉族政权第一次中断以前的最后一个王朝；第四个环节相关于朱明以及冒辟疆，朱明既在汉族政权第一次中断以后恢复了汉族政权，又在经历长期的统治以后造成汉族政权第二次中断，而作为朱明遗民的冒辟疆之家庭也败落了；第五个环节，相关于《石头记》创作，冒辟疆以血泪写就此书。从小视角来看，这五个环节都相关于朱明，然而又各有侧重：第一个环节，侧重于明朝灭亡；第二个环节，侧重于南明灭亡；第三个环节，侧重于明郑灭亡；第四个环节，侧重于冒辟疆失去朱明以及与之密切相关的冒家衰败；第五个环节，侧重于凭吊朱明末世的《石头记》之创作。这两个视角的理解，都体现了历史和逻辑的统一。大视角与小视角既有交叉的地方，又有不交叉的地方；朱明末世的主题，在广阔的历史背景下体现和展开。需要说明的是，甲戌本第一回有关正文采取了倒叙的手法：先说《石头记》，其后说空空道人与

《情僧录》，再说吴玉峰与《红楼梦》，继而说东鲁孔梅溪与《风月宝鉴》，最后说曹雪芹与《金陵十二钗》。这些环节，都是冒辟疆在开始撰写小说之时就安排好的。有观点认为，《石头记》这个书名是最早出现的，后来才有别的书名；这样的观点很流行，然而不符合事实。虽然如此，但是《石头记》这个书名最能反映小说结局乃至小说作者。

《石头记》作者将朱明末世置于广阔的历史背景下体现和展开，这种情况还可以集中地通过小说中的贾、史、王、薛四大家族来论证。小说第四回有这样四句话：

> 贾不假，白玉为堂金作马。
>
> 阿房宫，三百里，住不下金陵一个史。
>
> 东海缺少白玉床，龙王来请金陵王。
>
> 丰年好大雪，珍珠如土金如铁。①

透彻地分析上述四句话，必须结合中国历史。炎帝和黄帝，对华夏族的形成作出过历史性的伟大贡献；华夏族在汉朝以后，逐步有了汉族之称谓；汉族政权第一次中断，直接相关于宋朝。这三个环节中的炎黄、汉朝、宋朝，可以分别与小说中的贾、史、王三大家族联系起来。朱明末世的崇祯时期、南明时期、明郑时期，亦可以分别与贾、史、王三大

---

① 古本小说集成编辑委员会编：《脂砚斋重评石头记》（庚辰本），上海：上海古籍出版社，1992 年，第 81 页。

家族联系起来。

将炎黄时代以及崇祯时期同小说中的贾家联系起来，是为了解释“贾不假，白玉为堂金作马”这句话。针对这句话，脂评甲戌本有批语说：“宁国、荣国二公之后，共十二房分。除宁、荣亲派八房在都外，现原籍住者十二房。”[①] 针对宁国公，甲戌本有批语提及“演”；针对荣国公，甲戌本有批语提及“源”[②]。这些情况，告诉人们：贾演是宁国公，贾源是荣国公。《史记》说：“黄帝者，少典之子，姓公孙，名曰轩辕。”[③] “炎帝欲侵陵诸侯，诸侯咸归轩辕。轩辕乃修德振兵，……以与炎帝战于阪泉之野。三战，然后得其志。蚩尤作乱，不用帝命。于是黄帝乃征师诸侯，与蚩尤战于涿鹿之野，遂禽杀蚩尤。而诸侯咸尊轩辕为天子，……是为黄帝。”[④] 宁国公贾演，有轩辕黄帝的影子和炎帝的影子：“贾演”的“演”，在写法上与“黄帝”的“黄”有相同之处；“演”在发音上与“炎帝”的“炎”相谐。荣国公贾源，也有轩辕黄帝的影子和炎帝的影子：“荣国公”的“荣”之繁体是

① 《脂砚斋重评石头记》（甲戌本），载刘世德、陈庆浩、石昌渝主编《古本小说丛刊》第40辑，北京：中华书局，1991年，第2300页。

② 《脂砚斋重评石头记》（甲戌本），载刘世德、陈庆浩、石昌渝主编《古本小说丛刊》第40辑，北京：中华书局，1991年，第2248页。

③ 司马迁撰，裴骃集解，司马贞索隐，张守节正义：《史记》，北京：中华书局，1959年，第1页。

④ 司马迁撰，裴骃集解，司马贞索隐，张守节正义：《史记》，北京：中华书局，1959年，第3页。

“絭”，“絭”内含两个“火”，“炎帝”的“炎”亦内含两个“火”；“贾源”的“源”，在发音上与“轩辕”的“辕”相谐。所谓“宁国、荣国二公之后，共十二房分”，这里的“共十二房分”相关于夏、商、周、秦、汉、晋、隋、唐、宋、元、明、清十二个主要王朝。在此处，涉及明朝。实际上，宁国公贾演、荣国公贾源还共同相关于明太祖朱元璋。小说第二回交代：“宁公居长，生了四个儿子。宁公死后，长子贾代化袭了官。……自荣公死后，长子贾代善袭了官。”[①] 在小说第五回中，宁荣二公之灵云：“吾家自国朝定鼎以来……虽历百年，奈运终数尽不可挽回者。”[②] 明朝建立于公元1368年，“历百年”之后就到了1468年，此时正值明宪宗朱见深的成化四年。“成化”的“成”，在写法上与“代化”“代善”的“代”有相似之处；“成化”的“化”，相同于“代化”的“化”；“见深”的“深”，在发音上同纽于“代善”的“善”。明朝有十六位皇帝，南明有四位皇帝，累计二十位皇帝；朱见深是明朝第八位皇帝，朱见深之后的明朝皇帝和南明皇帝有十二位。甲戌本批语提及“宁、荣亲派八房在都”，这相通于朱见深这位明朝第八帝；批语提及“原籍住者十二房”，这相通于朱见深之后的十二位皇帝。所谓“八房在都”“原籍住

---

① 《脂砚斋重评石头记》（甲戌本），载刘世德、陈庆浩、石昌渝主编《古本小说丛刊》第40辑，北京：中华书局，1991年，第2248—2249页。

② 《脂砚斋重评石头记》（甲戌本），载刘世德、陈庆浩、石昌渝主编《古本小说丛刊》第40辑，北京：中华书局，1991年，第2337页。

者十二房”，合计“二十房”；这个“二十房”，倒置了所谓“共十二房分”，相通于朱明二十位皇帝。在朱明二十位皇帝中，明朝十六位皇帝是主要的。朱见深是明朝第八位皇帝，所谓“八”已经在明朝皇帝数量中占据一半，这就不能不考虑朱明的发展趋势。所谓“贾不假，白玉为堂金作马”，意味着历史的真实：“白玉”暗指“皇帝”的“皇”，“白玉为堂”象征着明朝的存在；“金”暗指后金，“金作马”象征着后金曾受到明朝打压。随着时间的推移，后金逐步构成对明朝的严重威胁，由后金发展而来的清朝更是成为明朝的心腹大患；不过，后金和清朝还不能一下子就把明朝推翻。崇祯时期的明朝，正是处于这样复杂而微妙的局势中。

将汉朝时代以及南明时期同小说中的史家联系起来，是为了解释“阿房宫，三百里，住不下金陵一个史”这句话。针对这句话，脂评甲戌本有批语说：“保龄侯尚书令史公之后，房分共十八。都中现任者十房，原籍现居八房。”[①] 在所谓“保龄侯”中，“保”在发音上与“邦”同纽，“龄”在发音上与“刘”同纽，“侯”在发音上与“汉”同纽：“保龄侯”相关于“邦刘汉”，“邦刘汉”倒着读是“汉刘邦”。所谓“尚书令”，在汉朝时代设置过。汉朝促进了汉族之称谓的出现，朱元璋则在元朝的废墟上恢复了汉族政权。朱元璋在

① 《脂砚斋重评石头记》（甲戌本），载刘世德、陈庆浩、石昌渝主编《古本小说丛刊》第40辑，北京：中华书局，1991年，第2300页。

南京建立明朝，朱由崧亦在南京开启南明。从朱由崧开启南明的公元1644年，至南明末君朱由榔被杀的公元1662年，历时十八年；这个“十八”，相通于所谓“保龄侯尚书令史公之后，房分共十八”中的“十八”。“十八”又内含于“朱由崧”的“崧”。《南疆逸史》记载：弘光元年“五月……辛卯”，朱由崧离南京，“京城溃”；不久，朱由崧为清军所抓获；“九月甲寅”，朱由崧“如北京”；“明年五月遇害”[①]。朱由崧离南京的弘光元年五月之辛卯，乃是弘光元年五月之初十日；这个初十日，相通于甲戌本批语所说“都中现任者十房”。从九月朱由崧“如北京”，至次年五月朱由崧“遇害”，历时八个月；这八个月，相通于甲戌本批语所说“原籍现居八房”。作为朱明故都的南京，相关于秦淮河。笔者在前文中说过，“秦淮河”相关于“秦可卿”。所谓“秦可卿”，相关于“阿房宫”。阿房宫本为秦朝建筑，“秦朝”的“秦”就是“秦可卿”的“秦”。“阿房宫”的“阿”，可以分解为“阝”“可”：“可”就是“可卿”的“可”，而“阝”在写法上类似于“卿”内含的“卩”。“阿房宫”的“房宫”可以演化出“户”“方”“宫”，“户”“方”“宫”可以重新排列为“户”“宫”“方”，“户”“宫”“方”在写法上分别与“卿”的左、中、右三部分有相似之处。这样，所谓“阿房宫”就贯通于

① 温睿临撰：《南疆逸史》，北京：中华书局，1959年，第9—10页。

南京了。南京曾叫集庆，朱元璋于公元 1356 年攻占集庆。从 1356 年至明朝末君朱由检自缢的 1644 年，历时近三百年；从 1356 年至南明末君朱由榔被杀的 1662 年，历时三百多年。将“近三百年”与“三百多年”折中，可以说“三百年”；这个“三百年”，贯通于所谓“三百里，住不下金陵一个史”中的“三百里”。所谓“金陵”，相通于“集庆”：“金”在发音上同纽于“集”，“陵”在发音上同韵于“庆”。所谓“金陵一个史”，乃是朱氏长期统治的象征性说法。至于南明，实为明朝的残余。

将宋朝时代以及明郑时期同小说中的王家联系起来，是为了解释“东海缺少白玉床，龙王来请金陵王”这句话。针对这句话，脂评甲戌本有批语说：“都太尉统制县伯王公之后，共十二房。都中二房，余……”① 所谓“都太尉统制县伯玉公”，密切关联于赵匡胤。“赵”的繁体是“趙”，“县”的繁体是“縣”：“趙”内含的“走”在写法上有七画，“縣”内含的“系”在写法上也有七画；至于“趙”内含的“肖”，在写法上好像是“縣”的左半部之倒置。“趙”内含的“肖”，在写法上还与“伯”有相似之处；“肖”在写法上有七画，“伯”在写法上亦有七画。“匡胤”的“匡”内含“王”，“王”又内含于“玉公”的“玉”；“匡胤”的“胤”，

① 《脂砚斋重评石头记》（甲戌本），载刘世德、陈庆浩、石昌渝主编《古本小说丛刊》第 40 辑，北京：中华书局，1991 年，第 2300 页。

在发音上同纽于“玉公”的“玉”。赵匡胤在即位以前，曾任殿前都虞候、殿前都指挥使、殿前都点检、检校太尉等职，这些事实暗合于所谓“都太尉”；赵匡胤建立的宋朝，曾设有“统制”之职。宋朝的最后一幕，是崖山海战；这个情况，容易让人想起作为朱明最后一支势力的台湾郑氏政权。《南疆逸史》记载：郑成功得台湾，是在“辛丑”之年，即“永历十五年”。这年“三月”，郑成功师“至澎湖。……克赤嵌，进围王城。乃冬，红夷长揆一食尽出降，送之归国”。“壬寅春”，郑成功“改台湾为东都”；“五月初八日”，郑成功卒，“年三十九”①。郑成功驱逐揆一，为郑氏政权在台湾的确立和延续创造了必要前提。郑成功正式收复台湾，时值永历十五年的十二月；这里的“十二”，相通于所谓“都太尉统制县伯玉公之后，共十二房”中的“十二”。郑成功身后，郑锦、郑克塽二人相继执政；这里的“二”，相通于所谓“都中二房”之“二”。“都中二房”之后的“余”，在甲戌本古书中写作“餘”。作为“餘”之右半部的“余”，可以解释为“我”，暗指朱明遗民冒辟疆。至于“餘”之左半部，在写法上高度类似于“食”，“食”在发音上相谐于“十”；这个“十”与“都中二房”之“二”相加，结果是“十二”；这个“十二”，圆满吻合于所谓“共十二房”之“十二”。“都中二房”涉及

① 温睿临撰：《南疆逸史》，北京：中华书局，1959 年，第 432—433 页。

的“都”，就是“东都”的“都”，“东都”相通于“东海”。所谓“东海缺少白玉床”，意味着明郑不再立朱姓皇帝；所谓“龙王来请金陵王”，意味着明郑曾有宁靖王朱术桂。虽然明郑没有朱姓皇帝，但是朱术桂仍为朱明的象征。

如果说炎黄时代、汉朝时代、宋朝时代能够分别与小说中的贾家、史家、王家联系起来，朱明末世的崇祯时期、南明时期、明郑时期也能够分别与贾家、史家、王家联系起来，那么，为炎黄所消灭的蚩尤，取代西汉的新莽和取代东汉的曹魏，消灭北宋的金朝和消灭南宋的蒙元，以及与朱明开展长期斗争的后金和清朝，就应该与小说中的薛家联系起来。进行后面这些联系，是为了解释“丰年好大雪，珍珠如土金如铁”这句话。针对这句话，脂评甲戌本有批语说：“紫微舍人薛公之后，现领内府帑银行商，共八房分。”[①] 所谓“紫微舍人薛公”，相通于蚩尤：“紫”在发音上与“蚩”同韵，“微”剔除“彳”“攵”以后剩余的部分在写法上与“蚩”有相似之处，“舍”在写法上与“蚩”亦有相似之处；“紫微舍人”的“人”在写法上与“尤”有相似之处，“舍”“微”都内含“人”，“微”内含的“攵”在写法上也与“尤”有相似之处；“薛”在写法上与“蚩”“尤”有相似之处。所谓“紫微舍人薛公”，又相通于新朝的王莽（王巨君）：“紫”在写

① 《脂砚斋重评石头记》（甲戌本），载刘世德、陈庆浩、石昌渝主编《古本小说丛刊》第40辑，北京：中华书局，1991年，第2300页。

法上与“新”有相似和相同之处；“微”和“新”在写法上各有十三画，“微”在发音上与“王”同纽；“舍”内含的“干”“口”在写法上与“巨”“君”有相似和相同之处；“紫微舍人”的“人”内含于“莽”，“舍”也内含“人”，“微”在写法上与“莽”有相似之处；“薛”在发音上与“新”同纽，“薛”在写法上与“新”“王”“莽”“巨”“君”有相似和相同之处。所谓“紫微舍人薛公”，又相通于魏文帝曹子桓：“紫”在发音上与“子”相谐；“微”在发音上与“魏”相谐；“舍”在写法上与“桓”有相似之处；“人”在发音上与“文”同韵，“人”在写法上与“文”有相似之处；“薛”在写法上与“曹”有相似之处。所谓“紫微舍人薛公”，又相通于金太祖完颜旻：“紫”在含义上能够关联于“颜”，“微”在发音上同纽于“完”，“舍”在写法上与“金”有相同和相似之处，“人”内含于“太”，“薛”在写法上与“祖”“旻”有相似之处。所谓“紫微舍人薛公”，还相通于《元史》记载的“奇渥温氏”“蒙古部”①：“紫”在发音上与“奇”同韵；“微”在发音上与“渥”“温”同纽；“舍”可以解释为“屋”，“屋”内含于“渥”；“人”在发音上与“温”同韵；“薛”内含的“艹”“辛”可以组成“莘”，“莘”在发音上能够同韵于“温”；“薛”内含的“艹”内含于“蒙”，“薛”

① 宋濂等撰：《元史》，北京：中华书局，1976年，第1页。

剔除“艹”“辛”以后的部分在写法上与“古”有相似之处。所谓“领内府帑银行商”这七个字，分别相通于“清太祖努尔哈齐”这七个字：“领”在发音上与“清”同韵；“内”在写法上与“太”有相同之处；“府”在发音上与“祖”同韵；“帑”在写法上与“努”有相同之处；“银”能够与“两”连用而构成“银两”，“两”的繁体“兩”在写法上与“尔”的繁体“爾”有相似之处；作为多音字的“行”，在发音上能够与“哈”同纽；“商”在写法上与“齐”的繁体“齊”有相似之处。所谓“共八房分”的“八房”，相通于“八旗”：“八”直通，“房”在写法上与“旗”有相同和相似之处。前文所讲甲戌本关于贾、史、王三家的那些批语，集中起来看，包含着这样的意思：如果说炎黄开创了华夏族，刘邦开创了促使华夏族发展为汉族的汉朝，赵匡胤开创了汉族政权第一次中断以前的宋朝，那么，在元朝残垣断壁上恢复了汉族政权的朱明能够贯通于炎黄、汉朝、宋朝。与此相联系，甲戌本关于薛家的批语则包含着这样的意思：如果说蚩尤与华夏族始祖炎黄有尖锐斗争，新莽、曹魏与促使华夏族发展为汉族的汉朝有尖锐斗争，金朝、蒙元与汉族政权第一次中断以前的宋朝有尖锐斗争，那么，严重威胁汉族政权的后金和造成汉族政权第二次中断的清朝能够类比于蚩尤、新莽、曹魏、金朝、蒙元。在这些关系中，金朝与后金的关系是非常特殊的：所谓“后金”，就是相对于金朝来说的；金朝皇帝属于女真族，后金建立者努尔哈齐也属于女真族。基于这种密切的关系，能够解释小说中的这个情节：薛姨妈进神京之时，“方四十上下年纪”[①]。在真实的历史上，后金的建立者努尔哈齐活了六十多岁，然而他从未攻入燕京。鉴于此，需要从努尔哈齐出生的公元1559年出发而追溯金朝在完颜亮时期统治中心的迁移。1153年，完颜亮迁都燕京，并改燕京为中都；1161年，完颜亮一度将统治中心置于南京，此处所说的南京乃是北宋故都东京。努尔哈齐出生，比完颜亮迁都中都晚了四百多年，比完颜亮将统治中心置于南京晚了近四百年。将“近四百年”与“四百多年”折中，可以说“四百年上下”；这个“四百年上下”，在实际上相通于小说中薛姨妈进神京之时的“四十上下年纪”。完颜亮是金朝第四位皇帝，卒时四十岁；而金朝第一位皇帝，则是完颜旻。完颜亮这位第四帝特别是他的四十岁，亦相通于薛姨妈的“四十上下年纪”。所谓“薛姨妈”，在小说中又叫“薛姨娘”；“薛姨妈”之称谓的出现，早于“薛姨娘”之称谓。《金史》记载，完颜旻“本讳阿骨打”[②]，完颜亮“本讳迪古乃”[③]。“薛姨妈”这个称谓，直接相关于“完颜旻”“阿骨打”：“姨”在发音上同纽于“完颜”的“颜”；“妈”在发音上同纽于“旻”，“妈”在发

① 《脂砚斋重评石头记》（甲戌本），载刘世德、陈庆浩、石昌渝主编《古本小说丛刊》第40辑，北京：中华书局，1991年，第2310页。

② 脱脱等撰：《金史》，北京：中华书局，1975年，第19页。

③ 脱脱等撰：《金史》，北京：中华书局，1975年，第91页。

音上又同韵于“阿骨打”的“打”。“薛姨娘”这个称谓，直接相关于“完颜亮”“迪古乃”：“姨”在发音上同纽于“完颜”的“颜”；“娘”在发音上同韵于“亮”，“娘”在发音上又同纽于“迪古乃”的“乃”。小说中这位人物的“四十上下年纪”，既隐藏着金朝从北方向南方发展的空间走向，又暗含着从金朝向后金和清朝发展的时间流向。在这个设计中，完颜旻、完颜亮与努尔哈齐被巧妙地联系起来；完颜旻与努尔哈齐的时间距离，长于完颜亮与努尔哈齐的时间距离；完颜旻与努尔哈齐的结合程度，弱于完颜亮与努尔哈齐的结合程度。《金史》说，完颜亮“欲为君则弑其君，欲伐国则弑其母，欲夺人之妻则使之杀其夫。三纲绝矣，何暇他论”[①]。《石头记》作者使完颜亮与努尔哈齐紧密结合起来，就是用完颜亮的极端来影射后金和清朝针对朱明而开展的行动。所谓“丰年好大雪，珍珠如土金如铁”，意味着清朝的勃兴与朱明的败亡。“丰年好大雪”的首字“丰”，在古代可以写作“豐”；“珍珠如土金如铁”的末字“铁”，在古代可以写作“鐵”。“豐”在写法上有十八画，“鐵”在写法上有二十一画。“豐”的十八画，相通于十八年：从1644年明朝末君朱由检自缢，到1662年南明末君朱由榔遇害，历时十八年。“鐵”的二十一画，相通于二十一年：从1662年朱由榔遇害，

① 脱脱等撰：《金史》，北京：中华书局，1975年，第118页。

到1683年清军入台湾，历时二十一年。“豐”在含义上能够相关于“满”；“雪”谐音于“薛宝钗”的“薛”，相关于清朝。“豐年”象征着满洲势头盛，“好大雪”象征着清朝势头盛，二者意思是一样的。“珍珠”的“珠”可以引申出“朱王”，暗指朱明；“金”相关于后金，实际上暗指清朝。“珍珠如土”象征着朱明入土，“金如铁”象征着清朝不断巩固和壮大。所谓“鐵”，可以分解为“金”“戈”“呈”“土”：“金”“戈”象征着清朝的强大攻势；“呈”谐音于“郑”，象征着郑克塽向清军上书请降；“土”谐音于“朱”，象征着朱明最终结束。冒辟疆认为：“白玉为堂”转化为“珍珠如土”，“金作马”转化为“金如铁”，这是世道的改变；清朝消灭朱明，有如完颜亮“三纲绝矣”。

冒辟疆用完颜亮影射清朝，这相关于《石头记》中的这些表述：“天地生人，除大仁大恶两种，余者皆无大异。若大仁者，则应运而生；大恶者，则应劫而生。运生世治，劫生世危。尧、舜、禹、汤、文、武、周、召、孔、孟、董、韩、周、程、张、朱，皆应运而生者。蚩尤、共工、桀、纣、始皇、王莽、曹操、桓温、安禄山、秦桧等，皆应劫而生者。”①这些表述，从大仁大恶两个角度分别列出一些人。然而，这只是表面现象，里面隐藏着汉族与异族的斗争。所列大仁者

① 《脂砚斋重评石头记》（甲戌本），载刘世德、陈庆浩、石昌渝主编《古本小说丛刊》第40辑，北京：中华书局，1991年，第2251—2252页。

都是华夏族人和汉族人，所列大恶者则包括异族人在内；所列大恶者中的华夏族人和汉族人，是有害于华夏族和汉族的，起码具有这方面的成分。所列大仁者，始于尧，止于朱，而明朝皇帝也姓朱；所列大恶者，始于蚩尤，止于秦桧，秦桧害死岳飞的行为有利于金朝，而后金以及由后金发展而来的清朝是朱明的死对头。这些情况，不是偶然的，而是服从和服务于小说主题的；它们能够贯通于笔者在前文中将炎黄、汉朝、宋朝、明朝与小说中的贾家、史家、王家联系起来之做法，以及将蚩尤、新莽、曹魏、金朝、元朝、后金、清朝与小说中的薛家联系起来之做法。

《石头记》中的贾、史、王、薛四大家族，前三家之姓连起来构成“贾史王”。所谓“贾史王”，相通于“夏史亡”：“贾”在发音上与“夏”有相似之处，“贾”的繁体“賈”在写法上与“夏”有相似之处；“史”直通；“王”在发音上与“亡”相谐，“王”在写法上与“亡”有相似之处。所谓“夏史亡”，实际上是“夏亡史”，折射着华夏族政权乃至汉族政权的特定曲折历史。所谓“贾史王”，又相通于“甲申亡”：“贾”在发音上与“甲”相谐，“贾”的繁体“賈”在写法上与“甲”有相似之处；“史”在发音上与“申”同纽，“史”在写法上与“申”有相似之处；“王”在发音上与“亡”相谐，“王”在写法上与“亡”有相似之处。所谓“甲申亡”，与明朝灭亡于甲申年这个事实直接相关。前文说过，影射崇祯帝之死的所谓曹雪芹之死被安排在壬午年。在历史上，更加久远的蜀汉灭亡于癸未年，此前一年和此后一年分别是壬午年、甲申年。这些情况，意味着“甲申亡”不但影射明朝之灭亡，而且影射蜀汉之灭亡。如果说明朝之灭亡堪比汉朝之灭亡，那么，南明和明郑之灭亡就好似蜀汉之灭亡。至此，“甲申亡”就可以解释为整个朱明（包括明朝、南明、明郑）的消失了。所谓“贾史王”，还相通于“冒家亡”：“贾”的繁体“賈”在写法上与“冒”有相同和相似之处；“史”在发音上与“家”内含的“豕”相谐；“王”在发音上与“亡”相谐，“王”在写法上与“亡”有相似之处。所谓“冒家亡”，直接影射冒辟疆家道中落。所谓“冒家亡”，还可以引申为“冒朱亡”：“家”内含“豕”，“豕”就是“猪”，“猪”谐音于“朱”。所谓“冒朱亡”，既意味着冒家衰败，又象征着朱明灭亡。在八十回本《石头记》正文中，“猪”出现十六次，包括第七回的一次、第十六回的二次、第二十一回的一次、第二十六回的二次、第二十九回的一次、第四十回的一次、第四十七回的一次、第五十三回的四次、第七十五回的二次、第七十七回的一次。“猪”出现的十六次，既相关于朱由检这位明朝第十六帝，又相关于南明末君朱由榔被害的永历十六年，还相关于冒辟疆与董小宛相识时董小宛的十六岁。谐音于“猪”的“朱”，在八十回本《石头记》正文中出现二十七次，包括第二回的一次、第五回的三次、第七回的一次、第十三回的一次、第十七回至十八回的五次、第二十一回的一次、第二十三回的二次、第二十九回的一次、第四十二回的一次、第五十回的一次、第五十二回的一次、第五十三回的二次、第五十六回的三次、第六十三回的一次、第七十二回的三次。"朱"出现的二十七次，相关于朱颜董小宛。解释这个问题，需要联系小说中涉及"芒种"的第二十七回以及涉及"冬至"的第十一回。笔者在前文中探讨第十一回所说"冬至"时，曾提到冒辟疆与董小宛的相识；笔者在前文中探讨第二十七回所说"芒种"时，曾提到董小宛的去世。所谓"冬至"，相通于"董至"："冬"谐音于"董"，"至"则直通。所谓"董至"，意味着董小宛进入冒辟疆的视野。所谓"芒种"，相通于"亡董"。"芒"对应"亡"："芒"内含"亡"，"芒"在发音上与"亡"同韵。"种"对应"董"："种"的"繁体"是"種"，"種"内含的"重"内含于"董"；"種"内含"禾"，"董"内含"艹"，"禾""艹"都可以从植物的角度来解释。所谓"亡董"，意味着董小宛去世。小说中出现"芒种"的第二十七回，还贯通于《影梅庵忆语》中的这个记载：壬午年，董小宛为嫁给冒辟疆，曾追随他乘舟，"由浒关至梁溪、毗陵、阳羡、澄江，抵北固。越二十七日凡二十七辞，姬惟坚以身从"[①]。这里提及的"二十

① 万久富、丁富生主编：《冒辟疆全集》，南京：凤凰出版社，2014年，第582页。

七”，对董小宛来说是至关重要的。《影梅庵忆语》又记载：从董小宛嫁给冒辟疆，至董小宛去世，凡“九年”[①]。所谓“九年”的“九”，亦能够相通于“二十七”：“二十七”可以提取出“二”“七”，“二”和“七”相加的结果是“九”。笔者在前文中曾经强调：林黛玉进神京、到贾府是在公元1642年，庚辰本最后一回中的时间是公元1651年。小说中的贾宝玉与林黛玉相处九年，这关联于冒辟疆与董小宛相处九年。如果说第十一回中的“冬至”相通于“董至”，第二十七回中的“芒种”相通于“亡董”，那么，相关于“冬至”的“十一月三十日”就意味着朱明的兴起，相关于“芒种”的“四月二十六日”就意味着朱明的消失。公元1356年，朱元璋攻占集庆（即南京）；公元1367年，相当于朱元璋的吴元年；公元1368年，相当于朱元璋的洪武元年；公元1398年，朱元璋去世。从朱元璋攻占集庆，至吴元年，历时十一年；从洪武元年，至朱元璋去世，历时三十年。这里的“十一年”“三十年”，相通于所谓“十一月三十日”。可见，“十一月三十日”确实象征着朱明的兴起。所谓“四月二十六日”，可以提取出“四”“二十六”。“二十六”可以提取出“二”“六”，“二”和“六”相加的结果是“八”；这个“八”，相通于清军正式进驻台湾的康熙二十二年之八月。至于“四”，既相通

① 万久富、丁富生主编：《冒辟疆全集》，南京：凤凰出版社，2014年，第588页。

于康熙二十三年之四月，又相通于康熙二十三年十一月之初四日：康熙二十三年四月，清廷设台湾府县官；康熙二十三年十一月初四日，在江宁已经停留几日的康熙帝回銮。可见，“四月二十六日”确实象征着朱明的消失。

在《石头记》中，林黛玉不在四大家族姓氏之列，然而“林黛玉”这几个字具有丰富的内涵。所谓“黛玉”，根源于明代宗朱祁钰：“代宗”的“代”内含于“黛玉”的“黛”，“代”谐音于“黛”；“祁钰”的“钰”之繁体是“鈺”，“鈺”内含“黛玉”的“玉”，“鈺”谐音于“玉”。朱祁钰即位之时，正是瓦剌军队威胁北京的紧急关头；朱祁钰大胆作为，挽救了明朝。《明史》记载，朱祁钰死后曾“谥曰戾”[①]。与此相关联，林黛玉的“黛”内含“黑”。黛玉姓“林”，“林”内含两个“木”，这贯通于金陵十二钗正册中与林黛玉有关的图景：“画着两株枯木，木上悬着一围玉带。”[②] 这个图景，象征着崇祯帝朱由检自缢、宁靖王朱术桂自缢：前者标志着明朝灭亡，后者相关于明郑灭亡。所谓“林黛玉”，又相通于“董小宛”：“黛”在发音上与“董”同纽，“黛”剔除“代”“灬”以后剩余的部分在写法上与“董”内含的“重”有相似之处。所谓“林黛玉”，还相关于陈圆圆。“林”在写

① 张廷玉等撰：《明史》，北京：中华书局，1974年，第150页。

② 《脂砚斋重评石头记》（甲戌本），载刘世德、陈庆浩、石昌渝主编《古本小说丛刊》第40辑，北京：中华书局，1991年，第2332页。

法上有八画，这相通于冒辟疆与陈圆圆第一次相见期间订再晤时冒辟疆所计“八月返也”[①]。“林”的八画，又相通于清军正式进驻台湾的康熙二十二年之八月。“黛”在写法上有十七画，这相通于明朝灭亡的崇祯十七年；“黛”和“玉”在写法上合计二十二画，这相通于清军进入台湾的康熙二十二年。由这些情况出发，可以深入理解“黛”内含的“代”“黑”，它们关联于朱明的消失。考虑到“林黛玉”的“代”根源于“明代宗”的“代”，这里暂且将“林黛玉”写作“林代玉”。所谓“林代玉”，在写法上累计十八画，这相通于小说十八回。在脂评庚辰本中，有连为一体的“第十七回至十八回”。这里的“第十七回”，相通于明朝灭亡的崇祯十七年；至于“十八回”，相通于从明朝末君朱由检自缢到南明末君朱由榔被杀所经历的十八年。南明毕竟是明朝的残余，所谓“第十七回至十八回”又意味着小说作者希望崇祯十七年不中断，

① 冒辟疆与陈圆圆第一次相见期间订再晤时冒辟疆所计“八月返也”的相关具体情况，在冒辟疆《影梅庵忆语》中有明确记载：时值“辛巳早春”，陈姬“演弋腔《红梅》，……令人欲仙欲死。漏下四鼓，风雨忽作，必欲驾小舟去。余牵衣订再晤，答云：‘光福梅花如冷云万顷，子能越旦偕我游否，则有半月淹也。’余迫省觐，告以不敢迟留故。复云：‘南岳归棹，当迟子于虎疁丛桂间。’盖计其期，八月返也”。然而未到八月，二人又相见，并且情定终身。陈姬“宛转云：‘君倘不终弃，誓待君堂上昼锦旋。’余答云：‘若尔，当与子约。’”与陈圆圆再次分手的冒辟疆，“归历秋冬，奔驰万状”。次年，陈圆圆“为窦、霍门下客以势逼去”。这些材料说明：冒辟疆与陈圆圆首次相见，以及冒辟疆与陈圆圆情定终身，都发生在辛巳秋季以前；这个秋季以及其后的时间，冒辟疆与陈圆圆未再相见。在这些情况下，他们二人第一次相见期间订再晤时冒辟疆所计“八月返也”，是极具特殊意义的：八月不但属于秋季，而且有中秋节，此节象征着团圆；所谓“八月返也”，能够在事实上代表冒辟疆与陈圆圆共同的美好而又落空的团聚结合之期盼。

而是连下去，其实质是渴望明朝继续存在；当初朱祁钰能够挽救明朝，然而朱由检无法挽救明朝。在金陵十二钗正册中，林黛玉具有非常突出的地位。如果将林黛玉对应代宗朱祁钰，那么，就可以顺次作出这样的推理：贾元春对应英宗朱祁镇（朱祁镇在朱祁钰执政前后两度在位），贾探春对应宪宗朱见深，史湘云对应孝宗朱祐樘，妙玉对应武宗朱厚照，贾迎春对应世宗朱厚熜，贾惜春对应穆宗朱载垕，王熙凤对应神宗朱翊钧，贾巧姐对应光宗朱常洛，李纨对应熹宗朱由校，秦可卿对应思宗朱由检。

上段末尾提到的那些对应，需要从特定视角来看，不能将其凝固化。拿贾元春对应朱祁镇来说，这有别于前文在分析关于贾元春的判词时所作的表述。其实，提起朱祁镇，还需要提到小说中的甄士隐。在历史上，出现过土木之变，朱祁镇被瓦剌军队抓获；在小说中，有葫芦庙失火、甄士隐出走的故事。所谓“葫芦”，相通于“土木”：“葫”在发音上同韵于“土”，“芦”在发音上同韵于“木”。所谓“甄士隐”，相通于“朱祁镇”：“甄”在发音上相谐于“镇”；“士”在发音上同韵于“祁”；“隐”的繁体是“隱”，“隱”内含的“阝”内含于“祁”。如果将所谓“甄士隐”三个字作为一个整体来看，则体现了一个动态的发展过程：“甄”谐音于“真”，可以理解为特定条件下明朝的存在；“士”能够分解为“十一”，意味着历经十一位皇帝；至于“隐”，可以理解为明朝灭亡。如果从朱祁镇算起，一直到自缢的朱由检，确有十一位皇帝。既然甄士隐贯通于崇祯帝，葫芦庙也就含有别意。“葫芦”相关于“土木”：“土”象征着入土，“木”内含于“朱”；借助“土木”，“葫芦”预示着朱明入土。甄士隐出走，亦关联于朱明皇室的悲惨结果。所有这些对甄士隐的分析，与前文对林黛玉的分析是密切关联的。在历史上，先有土木之变中朱祁镇被瓦剌军队抓获，后有朱祁钰即位；在小说中，先描写葫芦庙失火、甄士隐出走，后交代林黛玉进神京。甄士隐贯穿着从朱祁镇到朱明末世的历史，林黛玉贯穿着从朱祁钰到朱明末世的历史。

在分析了小说中林黛玉这位主要的人物和甄士隐这位姓甄的人物以后，不能不专门分析贾宝玉这位姓贾的主要人物。前文说过，“贾”与朱明有关，也与冒襄有关。“宝玉”的“宝”，仍然既相通于朱明，又相通于冒襄：“宝”在古代可以写作“寶”，“寶”在写法上与“明”有相似之处，“寶”在含义上可以解释为朱明的玉玺；“寶”在写法上与“冒”有相同之处，“寶”在发音上与“冒”同韵。“宝玉”的“玉”，还是既相通于朱明，又相通于冒襄：“玉”可以解释为朱明的玉玺，“玉”在写法上与“襄”有相似之处。

现在专门分析小说中的薛宝钗这位主要人物。所谓“薛”，相通于作为清朝皇帝之姓的“爱新觉罗”：“薛”在发音上与“新”同纽，“薛”在发音上与“觉”同韵。“宝钗”

的"宝"在古代可以写作"寶",它相同于"寶玉"的"寶":这个"寶"既相通于朱明,又相通于冒襄。"钗"的繁体是"釵":"釵"内含"金","金"暗指后金乃至清朝;"釵"内含"叉","叉"可以解释为交叉,暗指明清矛盾;所谓"釵",乃是古代的一种首饰,这种首饰由两股簪子合成,在这里意味着朱明和清朝合而为一,实际上是清朝消灭朱明。

前面着重分析了林黛玉、薛宝钗等小说中的人物,现在集中分析所谓作为小说批者的脂砚斋、畸笏叟。笔者在前文中说过,冒辟疆就是脂评本中的批者。虽然如此,但是"脂砚斋""畸笏叟"这些称谓也有其基本内涵。先来探讨"脂砚斋"。"砚"的繁体是"硯","硯"可以分解为"石""見",意味着石头之所见,也就是冒辟疆之所见;"脂"可以分解为"日""月""匕",呈现被推翻的明室插有匕首之状态;"斋"的繁体是"齋","齋"在写法上与"齊"有相同之处,"齊"就是"齐","齐"相关于"努尔哈齐","努尔哈齐"就是《清史稿》记载的清太祖。所谓"脂砚斋",既有冒辟疆的影子,又含明与清的矛盾。笔者曾将"脂砚"与隆武帝朱聿键联系起来,这涉及"脂砚斋"在那种特定条件下的一种特殊含义。朱聿键乃是南明四帝中最有作为的君主,而明朝最有作为的君主当属洪武帝朱元璋。所谓"朱元璋",相关于"脂砚斋":"朱"在发音上与"脂"同纽,"元"在发音上与

"砚"同纽，"璋"在发音上与"斋"同纽。这涉及"脂砚斋"内含的另一种特殊含义。再来探讨"畸笏叟"。所谓"叟"，乃是年老的男人。所谓"畸"，可以分解为"田""奇"。"奇"相关于"秦淮河"："奇"内含的"大"内含于"秦"，"奇"内含的"可"内含于"河"。秦淮河相关于明朝故都南京，"奇"象征着朱明；"奇"与"田"结合起来，就是朱明入土。所谓"笏"，内含"竹""勿"："竹"谐音于"朱"，"勿"表示否定；朱氏被否定，意味着朱明灭亡。如果说"脂砚斋"既关联于朱明的开创，又贯通于朱明的没落，那么，"畸笏叟"则完全是朱明的败亡了。

胡适曾经提到脂评本之甲戌本、己卯本、庚辰本。其实，"甲戌""己卯""庚辰"都是有特殊含义的。"甲戌"谐音于"贾叙"，意味着贾宝玉自叙，实际上是冒辟疆自叙。"甲戌"还可以从时间角度解读，"己卯""庚辰"也可以从时间角度解读。所谓"甲戌"，暗指甲戌月。《清史稿》记载，顺治元年秋"九月甲午"，清世祖福临"车驾入山海关"①。这里的"九月"，就是甲戌月。所谓"庚辰"，暗指庚辰日。郑成功去世于永历十六年五月初八日。这里的"初八日"，就是庚辰日。所谓"己卯"，暗指冒辟疆与董小宛相识的己卯年。这些情况说明，"己卯""甲戌""庚辰"分别是年、月、日，它

① 赵尔巽等撰：《清史稿》，北京：中华书局，1977年，第88页。

们依次相关于冒辟疆与董小宛交往的真正起点、清朝发展的关键节点、明郑命运的主要拐点。甲戌本包括第一回至第八回、第十三回至第十六回、第二十五回至第二十八回，累计十六回。所谓“第十三回”，相通于崇祯十三年；此前一年和此后一年，冒辟疆分别与董小宛、陈圆圆相识。所谓“第十六回”，相通于冒辟疆与董小宛相识时董小宛的十六岁；至于甲戌本合计的十六回，既相通于朱由检这位明朝第十六帝，又相通于南明末君朱由榔被害的永历十六年。所谓“第二十八回”，相通于董小宛去世时的二十八岁。所谓“第八回”，既相通于代表着冒辟疆与陈圆圆美好而又落空的团聚结合之期盼的所谓“八月返也”，又相通于清军正式进驻台湾的康熙二十二年之八月。己卯本截止于第七十回，庚辰本截止于第八十回。在庚辰本中，第八十回没有回目联语，而第七十九回有回目联语；第七十九回的回目联语可以笼罩第八十回的正文内容，呈现出第八十回能够从属于第七十九回的状态。所谓“第八十回”，既对接于冒辟疆描述自己撰写《石头记》的过程和状况时所说“献岁八十”，又相通于代表着冒辟疆与陈圆圆美好而又落空的团聚结合之期盼的所谓“八月返也”，还相通于清军正式进驻台湾的康熙二十二年之八月。第八十回没有回目联语，意味着冒辟疆心碎语无。所谓“第七十九回”，其中的“七十九”可以分解为“七十”和“九”。冒辟疆撰写《石头记》，就是在自己七十岁以后；己卯本最后一回，就是第七十回。至于从“七十九”中分解出来的“九”，相通于冒辟疆与董小宛共同生活的九年，这是冒辟疆十分留恋的时光。庚辰本呈现出第八十回从属于第七十九回的状态，意味着冒辟疆向往董小宛的健在，也意味着冒辟疆渴望朱明的存在；如果没有朱明末世，就不会有《石头记》。总起来看，甲戌本、己卯本、庚辰本都是经过冒辟疆精心设计和安排的。八十回本就是完整的著作，使八十回本得以延伸的任何文字都是伪作。

在上述一系列分析的基础上，现在来看《石头记》中这首著名的绝句：

> 满纸荒唐言，一把辛酸泪。都云作者痴，谁解其中味？[①]

理解这首诗，需要联系《清史稿》有关记载：康熙“二十年辛酉春正月”，“郑锦死，其子克塽继领所部”[②]；“秋七月……己卯”，清廷“以施琅为福建水师提督，规取台湾，改万正色陆路提督”[③]；冬“十一月……癸亥，定远平寇大将军贝子彰泰、平南大将军都统赖塔、勇略将军总督赵良栋、绥远将军总督蔡毓荣疏报王师于十月二十八日入云南城，吴世

---

① 《脂砚斋重评石头记》（甲戌本），载刘世德、陈庆浩、石昌渝主编《古本小说丛刊》第40辑，北京：中华书局，1991年，第2212页。

② 赵尔巽等撰：《清史稿》，北京：中华书局，1977年，第205页。

③ 赵尔巽等撰：《清史稿》，北京：中华书局，1977年，第206页。

璠自杀，传首，吴三桂析骸，示中外，诛伪相方光琛，余党降，云南平”[①]。这些记载说明，到了康熙二十年，清朝在中国大陆的统治更加巩固，而以朱明为正统的台湾郑氏政权处于风雨飘摇之中。所谓“满纸荒唐言”，意味着清朝通过残酷手段牢固地控制了中国大陆。“满纸”，可以解释为整个大陆。“满纸”的“满”，还可以解释为满洲，暗指清朝。“满纸”的完整含义，乃是清朝控制中国的整个大陆。“荒”可以解释为荒芜，“唐”可以解释为唐突，“荒唐言”迂回地影射清朝入关以后屠戮和镇压的野蛮行径。所谓“一把辛酸泪”，意味着康熙二十年明郑出现严重危机。“一把”在写法上合计八画，“明”在写法上也有八画：“一把”暗指朱明。“一把”又可以分解为“一”“把”：“一”暗指作为朱明最后一支势力的明郑；“把”可以理解为残缺不全、扭曲变形、七零八落的“明”，暗示中国大陆的朱明势力已经消散。“一把”还可以理解为通常意义上的“一把”，用来修饰和限定“辛酸泪”。“辛酸泪”中的“辛酸”，可以提取出“辛酉”；这个“辛酉”，相通于康熙二十年这个辛酉年。这一年，清朝不但更加牢固地控制中国大陆，而且谋划进攻台湾；台湾的郑锦去世，郑克塽年龄尚小。在这些情况下，已经七十一岁的冒辟疆不能不流下“一把辛酸泪”。所谓“都云作者痴”，实际上是

① 赵尔巽等撰：《清史稿》，北京：中华书局，1977年，第207页。

“作者痴都云”。“痴”在发音上同韵于“石”，“痴”在写法上与“石”有相似之处；“石”就是石头，小说中的那块石头“自恨粗蠢”，而“痴”可以解释为愚笨；石头实为小说作者冒辟疆，构成“作者痴”。“痴”还可以解释为痴迷，“痴都云”意味着痴迷于林黛玉，“都云”就是“黛玉”：“都”在发音上同纽于“黛”，“云”在发音上同纽于“玉”。前文说过，林黛玉相关于朱明，又有董小宛的影子和陈圆圆的影子。朱明统一全国以前，北方的幽云十六州广大区域曾长期被异族统治；朱明逐步败亡以后，这些区域又被异族统治。“幽云十六州”的“幽云”，相通于与“黛玉”有关的“都云”：“幽”在发音上同韵于“都”，“云”则直通。“都云”又相通于董小宛，董小宛还叫董白：“董”在发音上与“都”同纽；“白”可以解释为陈述，“云”可以解释为言说，二者能够一致。“都云”还相通于陈圆圆：“陈”的繁体是“陳”，“陳”在写法上与“都”有相同和相似之处；“圆”在发音上与“云”同纽。所谓“谁解其中味”，关键在于“其中”。“其中”的“其”，谐音于“妻”，“妻”可以解释为周代宫中女御，又可以解释为以女嫁人，还可以解释为娶为配偶，实际上迂回地指向成为冒辟疆之妾的董小宛以及曾与冒辟疆情定终身的陈圆圆；“其中”的“中”，意味着中国，事关明清斗争。截至相关于“辛酸”的辛酉年，明清完全交替的趋势已经不可逆转；此时，冒辟疆与董小宛已经离别三十年，冒辟疆与陈圆圆已经离别四十年。如果将“三十”与“四十”相加，结果是“七十”，这个“七十”与脂评已卯本截止于第七十回之事实贯通起来。

与前面分析的这首绝句相联系，冒辟疆曾有批语说“能解者方有辛酸之泪哭成此书”，强调“今而后惟愿造化主再出一芹一脂”，并写有“甲午八日泪笔”①。所谓“一芹一脂”，分别是“曹雪芹”“脂砚斋”。前文说过，“曹雪芹”相关于朱明，有崇祯帝朱由检的影子；“脂砚斋”亦相关于朱明，有洪武帝朱元璋的影子和隆武帝朱聿键的影子。朱元璋为建立明朝进行了长期的奋斗，朱由检为挽救明朝进行了巨大的抗争，朱聿键为恢复明朝进行了艰苦的努力。冒辟疆“惟愿造化主再出一芹一脂”，实质在于渴望明朝再生。所谓“甲午八日”中的“甲午”，其实是清世祖福临车驾入山海关的顺治元年秋九月之甲午日；所谓“甲午八日”中的“八日”，则影射清军正式进驻台湾的康熙二十二年之八月。福临车驾入山海关，时值公元1644年；清军入台湾，时值公元1683年。从1644年至1683年，历时三十九载；在这三十九载中，朱明完全毁灭了。所有这些，都是从国家角度作出的解释。此外，还可以从个人角度作出解释。所谓“芹”，相通于“董小宛”的“董”：“芹”内含的“艹”，又内含于“董”；“芹”内含

① 《脂砚斋重评石头记》（甲戌本），载刘世德、陈庆浩、石昌渝主编《古本小说丛刊》第40辑，北京：中华书局，1991年，第2212—2213页。

的“斤”，在含义上能够关联于“董”内含的“重”。小说正文曾提及“几千斤重”[①]，甲戌本有批语提及“一千斤重”[②]，庚辰本有批语提及“千斤重”[③]。所谓“脂”，相通于“陈圆圆”的“陈”：“脂”在写法上有十画，“陈”的繁体“陳”在写法上亦有十画；“脂”可以分解为“月”“日”“匕”，“陳”可以分解为“阝”“曰”“木”，“月”“日”“匕”在写法上分别与“阝”“曰”“木”有相似之处。董小宛与陈圆圆，又相关于所谓“甲午八日”。前文曾提到顺治元年九月之甲午日，这个甲午日乃是初九日。就“甲午”二字本身的写法来说，它们累计有九画。所谓“九”，能够相通于冒辟疆与董小宛共同生活的九年。至于“甲午八日”中的“八日”，则相通于代表着冒辟疆与陈圆圆美好而又落空的团聚结合之期盼的所谓“八月返也”。从国家角度解释所谓“甲午八日”时，形式上的“甲午”之月成为实际上的“甲午”之日，形式上的“八日”成为实际上的“八月”；从个人角度解释所谓“甲午八日”时，形式上的“甲午”之月成为实际上的“九年”，形式上的“八日”成为实际上的“八月”。无论朱明的败亡，还是董陈的薄命，都令冒辟疆痛彻心扉，所以“甲午

① 古本小说集成编辑委员会编：《脂砚斋重评石头记》（庚辰本），上海：上海古籍出版社，1992 年，第 1112 页。

② 《脂砚斋重评石头记》（甲戌本），载刘世德、陈庆浩、石昌渝主编《古本小说丛刊》第 40 辑，北京：中华书局，1991 年，第 2289 页。

③ 古本小说集成编辑委员会编：《脂砚斋重评石头记》（庚辰本），上海：上海古籍出版社，1992 年，第 462 页。

八日”四字之后有“泪笔”二字。冒辟疆渴望出现新的朱明，出现新的董小宛和陈圆圆，同时也出现新的冒辟疆：新的朱明，不再是破碎、衰败的朱明，而应是统一、强盛的朱明；新的董小宛和陈圆圆，不再是飘泊、苦难的董小宛和陈圆圆，而应是安宁、幸福的董小宛和陈圆圆；新的冒辟疆，不再是做朱明遗民、与董陈离别的冒辟疆，而应是在朱明时代永远生活、与董陈二姬长相厮守的冒辟疆。所有这些情况，胡适都没有认识到。他将所谓“甲午八日”视为“甲午八月”，即甲午年八月，将其联系于“乾隆三九，1774”[①]，这是不对的。

《石头记》是高度复合型的，许多因素、成分乃至结构都是如此；这部小说对历史事件的反映，既有按照时间顺序而展开的范围和层面，又有不按时间顺序而展开的范围和层面。在这里，可以借用苏轼的诗句：

> 横看成岭侧成峰，远近高低各不同。不识庐山真面目，只缘身在此山中。[②]

研究《石头记》，需要读得进去、跳得出来，才能懂得里面的奥秘。胡适就没有读懂《石头记》。与这种情况有所不同，蔡孑民在《〈石头记〉索隐》中说：“《石头记》者，清

① 胡适：《考证〈红楼梦〉的新材料》，载胡适著《红楼梦考证》，北京：北京出版集团公司、北京出版社，2016年，第75页。

② 苏轼：《题西林壁》，载上海辞书出版社文学鉴赏辞典编纂中心编《历代名诗鉴赏·宋诗》，上海：上海世纪出版集团、上海辞书出版社，2018年，第110页。

康熙朝政治小说也。作者持民族主义甚挚。书中本事在吊明之亡，揭清之失”[1]。其中的合理之处，是显而易见的。当然，蔡孑民并未完全破解小说的主题，这是历史的遗憾。

① 蔡元培：《石头记索隐》（节录），载朱一玄编《红楼梦资料汇编》，天津：南开大学出版社，1985年，第919页。

第四章　对胡适《〈红楼梦〉考证》若干缺陷的整体思考

胡适《〈红楼梦〉考证》的若干缺陷，根源于一定的主客观条件，产生了深刻而广泛的影响，必将面临系统矫正乃至文学创新。

一、胡适《〈红楼梦〉考证》若干缺陷根源于一定的主客观条件

为了便于探讨胡适《〈红楼梦〉考证》若干缺陷的成因，有必要综合考虑从冒辟疆撰写《石头记》到胡适考证《红楼梦》的发展和演变之链条。在这里，笔者将此链条的主要环节和关键情况集中列出：冒辟疆撰写将“石头”设成原创者、用“曹雪芹”假当增删者、以凭吊朱明末世作为主旋律的八

十回本《石头记》（同时又有《红楼梦》等名称），并用“脂砚斋”等名义写下大量批语；曹家三代四人曹玺、曹寅（曹楝亭）、曹颙和曹頫相继担任江宁织造，其中的曹寅将《石头记》所载“曹雪芹”借为己用，并且将八十回本拓展为一百二十回本，此“曹雪芹”卒时五十五岁；将“曹雪芹”借为己用的曹寅续写《红楼梦》之事实，被富察明义笼统地表述为“曹子雪芹，出所撰红楼梦一部，备记风月繁华之盛”，然而富察明义正确地指出曹雪芹先人为江宁织造；受富察明义影响，袁枚使用“雪芹撰红楼梦一部，备记风月繁华之盛”的说法，然而富察明义记载曹雪芹时所说其先人为江宁织造的正确表述，被袁枚转化为“雪芹者，曹楝亭织造之嗣君也”的表述，可是袁枚又基于乾隆五十二年而正确地强调曹雪芹“相隔已百年矣”；比袁枚出生晚、比袁枚去世早的敦诚，同卒时“四十年华”的曹雪芹有过密切交往，这位卒时“四十年华”的人被误传为“雪芹曾随其先祖寅织造之任”；在胡适的研究中，袁枚基于乾隆五十二年而强调的曹雪芹“相隔已百年矣”这个正确表述被回避，卒时五十五岁的曹雪芹（曹寅）为卒时“四十年华”的曹雪芹所正式“取代”，所谓“雪芹曾随其先祖寅织造之任”的误传为“雪芹曾随他的父亲曹頫在江宁织造任上”的误解所正式“取代”，这个经过“改造”的“曹雪芹”又“取代”冒辟疆而“成为”八十回本《石头记》之作者，高鹗则“取代”曹寅而“成为”一百二十回本《红楼梦》的后四十回之作者，曹家败落之说“凸显”而朱明末世之说“低落”。这些环节和情况，能够清晰地反映出胡适对《红楼梦》的考证所存在问题之历史由来。

在冒辟疆撰写《石头记》和曹寅续写该小说的基础上，出现部分正确、部分错误的信息；在错误逐步积累的过程中，好像体现了事物的相关性和发展的因果性，然而在实际上似是而非，状况可谓错综复杂。在这种情况下，要想澄清种种迷雾，特别是破解《红楼梦》本身的诸多谜团，需要熟练运用辩证法，努力避免形而上学。辩证法也好，形而上学也好，皆是古已有之。无论谁违背了辩证法，都会碰壁。胡适在《〈红楼梦〉考证》中未能全面、联系、发展地对待问题，他对该小说的许多现象不能给予正确的解释。必须懂得，《红楼梦》原作者通过“谜学”反映历史、寄托思想。研究《红楼梦》，用得着历史学的考证方法，甚至需要借鉴自然科学的某些手段。在这方面，既要彻底，又要适度。所谓“彻底”，就是说那些方法和手段不但要体现在作者和版本的研究上，而且要体现在小说内容的研究上；所谓“适度”，就是说在使用文献记载时必须重视它又不能迷信它，在研究小说内容时必须兼顾其历史性和文艺性。在《红楼梦》中，历史性和文艺性都是覆盖全书的，二者几乎时时处处结合在一起。这就需要研究者具有超常的辨别能力和卓越的操作本领，巧妙运用哲学思维，熟练把握各种火候，切实做到讲究逻辑、构建链条、形成系统。在近代西学东渐的大背景下，胡适的《〈红楼梦〉考证》在很大程度上受到西方实证主义的影响；他在考证方法的运用上既没有“彻底”，又没有“适度”，出现很多问题。

有学者指出，《〈红楼梦〉考证》“并非胡适主动写成，而是在上海亚东图书馆老板汪孟邹的不断催逼下撰写的”。“很长一段时间里，胡适并没有动笔。大约到1921年3月的时候才开始着手。”《〈红楼梦〉考证》初稿于“3月27日写完”，“在不到一个月的时间内完成，确实写得有些仓促。可见他本人也不满意，随后就让学生顾颉刚帮他补充材料，想重写一番”[①]。从1921年3月胡适完成初稿，到同年11月他完成改定稿，也只有几个月时间。古今中外的无数事实证明，做学问需要老实认真的态度和细致深入的工作；搞急就章、临时抱佛脚是不成的，沽名钓誉、着眼于功利更是不妥的。研究《红楼梦》这样高深的大部头，更是需要谨慎的态度和长期的工作；企图在短时间内就将问题搞清楚，那是一种不切实际的空想；匆忙下结论，实为不负责任。胡适曾引用亚里士多德的话：“我们既是爱智慧的人，为维持真理起见，就是不得已把我们自己的主张推翻了，也是应该的。朋友和真理既然都是我们心爱的东西，我们就不得不爱真理过于爱朋友了。”与此相承接，胡适强调“我把这个态度期望一切

① 淮茗：《被催逼出来的学术名著：胡适〈红楼梦考证〉撰写始末》，《中华读书报》2006年3月15日，第3版。

人”[①]。然而，胡适本人对自己的《〈红楼梦〉考证》若干缺陷始终未能进行全面的审视和系统的补救。

二、胡适《〈红楼梦〉考证》若干缺陷产生深刻而广泛的影响

胡适《〈红楼梦〉考证》完成以后，他关于该小说的一些基本观点逐步传播开来。尽管对胡适关于《红楼梦》是曹雪芹自叙的说法曾经有所校正，那种影响很大但并不妥当的将《红楼梦》与封建社会末世联系起来的做法还是以胡适关于《红楼梦》作者及其家世的判断为基础。依据和依托胡适关于这部小说的一些基本观点，产生了汗牛充栋的学术论文和专著。在这些论文和专著中，撰写者对一些问题能够作出某种解释，然而对其他许多问题则无法进行解释。其实，各种问题之间都是互为条件和彼此贯通的；如果正确地解释了一部分问题，那就应该使其研究拓展开来，合理地解释越来越多的问题。可是，《红楼梦》的许多研究者无法将各种问题打通，不能从整体上解决《红楼梦》之谜。如果是在错误的道路上，研究者花费的功夫愈大，就会离事物的真相愈远；结果是在泥潭中愈陷愈深，无法自拔。

胡适在《〈红楼梦〉考证》中反复指明“索隐”法不适

① 胡适：《跋〈红楼梦考证〉》，载胡适著《红楼梦考证》，北京：北京出版集团公司、北京出版社，2016 年，第 69—70 页。

用于《红楼梦》，这种说法不但被许多红学研究者奉为金科玉律，而且被不少学者借鉴到其他文学作品的研究中，导致一些名著的研究长期没有突破。有观点认为，《金瓶梅词话》的出现对《红楼梦》的形成有重要影响。不过，人们只知《金瓶梅词话》的作者是“兰陵笑笑生”，却不知此人究竟为谁；学界给出若干人选，但是没有定论。笔者以为，所谓“兰陵笑笑生”，乃是明朝的王世贞；在这个问题的论证中，适当引入“索隐”法，是有积极作用的①。再来说说《三国志通俗演义》《水浒传》《西游记》的一些情况。那种将“考证”法和“索隐”法相割裂的套路，影响了对这三部名著作者问题的深入探讨。在此问题上，需要特别强调的是，这三部名著都凝

① 明代的欣欣子在《金瓶梅词话》之序中指出，该书由“兰陵笑笑生作”，而“笑笑生”是“吾友”。可见，“兰陵”是相关于作者的地名，而“笑笑生”与“欣欣子”对仗工整。“兰陵笑笑生”与“欣欣子”的组合，同王世贞有着密切关系。王世贞，字元美，有号曰凤洲。王世贞是苏州府太仓州人，苏州府与常州府都属于南直隶，而常州府辖区范围内在历史上出现过兰陵；王世贞有在山东任职的经历，而山东辖区范围内在历史上也出现过兰陵。这些情况说明，王世贞在渊源和发展上曾与两个古兰陵的所在地很近。作为王世贞之号的“凤洲”，也能够相通于“兰陵”：“凤”是完美的神鸟，而“兰”是美好的植物；“洲”是水中的陆地，而“陵”是较大的土山。“陵”还可以解释为皇家坟墓，自然关联于“王”，而“王”正是王世贞之姓。王世贞之字“元美”的“元”与“世贞”的“世”连起来，出现“元世”；“笑笑生”的“生”与“欣欣子”的“子”连起来，出现“生子”。“元世”与“生子”能够对应：“元”可以解释为本原、开始，“生”可以解释为诞生、发生，二者是相通的；“世”可以解释为继承，“子”可以解释为儿女，二者是相通的。既然“元美”的“元”与“笑笑生”的“生”相通，“元美”的“美”与“笑笑生”的“笑笑”就应该相通；既然“世贞”的“世”与“欣欣子”的“子”相通，“世贞”的“贞”与“欣欣子”的“欣欣”就应该相通：“美”与“笑笑”的关系，“贞”与“欣欣”的关系，都可以理解为内核与表象的关系，或者前提与结果的关系。至此，兰陵笑笑生、欣欣子与王世贞实现了严丝合缝的对接。

结着元末明初的罗贯中之心血①。忽视和否定“索隐”法，还

---

① 2019年，笔者的专著《中国三部古典文学名著成书之谜》由知识产权出版社出版。此书认为，《三国志通俗演义》前十六卷和后八卷作者分别是罗贯中、施耐庵，小说脱稿于元末或明初，而其创作必相关于元朝时期；《水浒传》由施耐庵撰写、罗贯中纂修，他们笔下的宋江在受招安以后曾经伐辽国、征田虎、讨王庆、打方腊，宋江与他的多数兄弟并非惨死，施耐庵撰写本和罗贯中纂修本分别脱稿于元末、明初；《西游记》作者不是吴承恩，实为罗贯中，而小说创作于明初，脱稿于永乐年间。《中国三部古典文学名著成书之谜》出版以后，笔者对《西游记》作者问题的研究继续深化。世德堂本有秣陵陈元之撰写的《刊〈西游记〉序》，该序指出：《西游》一书，“不知其何人所为。或曰：‘出今天潢何侯王之国。’或曰：‘出八公之徒。’或曰：‘出王自制。’”三个“或曰”包含着这样的含义：中国太原罗本贯中撰。“罗”是姓，“本”是名，“贯中”是字。先来分析第一个“或曰”。所谓“天潢何侯王之国”，意味着“太原罗本”。“天”被古人视为最“大”，而且“天”内含“大”，“大”有时相通于“太”。“潢”相关于“水”，“水”相关于“源”，“源”的古字是“原”。“何”在写法上与“四”有相似之处；“侯”作为语气助词时可以相同于“惟”，“惟”解释为“思考”时相通于“维”，“维”的繁体是“維”：“四”与“維”可以组成“羅”，“羅”就是“罗”。“王”关联于“帝王”，“帝王”需要批阅“奏章”，“奏章”可以称为“本”；“王”在写法上与“本”有相似之处。至于“国”，则在发音上同韵于“罗本”的“罗”。再来分析第二个“或曰”。所谓“八公之徒”，意味着“贯中”。“公”谐音于“弓”，“弓”可以解释为“弯曲”，“弯曲”的“曲”有“毌”的影子和“目”的影子，“毌”“目”以及“八公”的“八”能够组成“貫”，“貫”就是“贯”；“徒”可以相通于“途”，“途”相关于“中”。这里的“中”，与第一个“或曰”中的“国”连用，构成“中国”。现在分析第三个“或曰”。所谓“王自制”，意味着“本撰”。如前所述，“王”相关于“本”。“自”可以解释为“原来”，“原来”可以称为“本”。至于“制”，可以解释为“撰写”。第一个“或曰”隐含的“太原”，贯通于明代无名氏的《录鬼簿续编》所说罗贯中乃是“太原人”；“侯王”二字，则贯通于《西游记》中的“猴王”。第二个“或曰”中的“八公之徒”，贯通于明代王道生在《施耐庵墓志》中所载罗贯中是施耐庵之“门人”。“施”是多音字，可以相通于“弛”：“驰”内含的“也”在含义上相通于“亦”，“亦”在含义上相通于“又”，“又”在写法上与“八”有相似之处；至于“弛”内含的“弓”，在发音上与“公”相谐。“八公之徒”可以解释为“施之徒”，也就是施耐庵的门人。罗贯中是施耐庵的门人，相通于《西游记》所说猴王是菩提祖师的徒弟。菩提祖师位于“灵台方寸山”，这相关于施耐庵：“方”内含于“施”，“寸”内含于“耐”，“山”在发音上与“庵”有相似之处。第一个“或曰”中的“王之国”，以及第三个“或曰”中的“王自制”，相通于明代的这些材料：王圻在《稗史汇编》中记载，罗贯中乃是“有志图王者”；杨尔曾在《东西两晋演义序》中记载，罗贯中“生不逢时，才郁而不得展”；田汝成在《西湖游览志余》中记载，罗贯中“编撰小说数十种”。总起来看，三个“或曰”涉及《西游记》作者的许多基本情况。

妨碍了对这三部名著主题的准确理解。《三国志通俗演义》之主题，在于借助刘汉之灭亡而哀挽元朝灭宋造成的汉族政权之中断[①]；《水浒传》之主题，在于借助宋江辅佐宋朝而反映推翻元朝统治、恢复汉族政权之成功[②]。现在着重说说《西游记》之主题。在这部作品中，三十五部佛经影射从夏朝到明朝的三十五个重要政权[③]，蕴含着汉族政权与北方游牧民族政权的关系逆转以及中国与东洋、西洋的关系逆转；这些逆转

---

① 《三国志》记载，汉中平六年，曹操“散家财，合义兵”，将以诛董卓。“冬十二月，始起兵于己吾”。“初平元年春正月，后将军袁术、冀州牧韩馥、豫州刺史孔伷、兖州刺史刘岱、河内太守王匡、勃海太守袁绍、陈留太守张邈、东郡太守桥瑁、山阳太守袁遗、济北相鲍信同时俱起兵，众各数万，推绍为盟主”，而曹操“行奋武将军”。这些情况说明，在历史上出现过十一路诸侯伐董卓的行动。这个行动，在《三国志通俗演义》中演化为十八路诸侯伐董卓的故事。所谓“十八路诸侯”，能够对应赵宋的十八位帝王。依据《宋史》记载，这十八位帝王分别是：太祖赵匡胤、太宗赵炅、真宗赵恒、仁宗赵祯、英宗赵曙、神宗赵顼、哲宗赵煦、徽宗赵佶、钦宗赵桓、高宗赵构、孝宗赵昚、光宗赵惇、宁宗赵扩、理宗赵昀、度宗赵禥、瀛国公赵㬎、益王赵昰、卫王赵昺。

② 《宋史》对侯蒙有这样的记载：“宋江寇京东，蒙上书言：‘江以三十六人横行齐、魏，官军数万无敢抗者，其才必过人。……’”历史上的这三十六人，在《水浒传》中演化为一百单八个好汉，包括天罡星三十六员、地煞星七十二员。所谓“一百单八个好汉”，能够对应从元朝元贞二年丙申至明朝永乐元年癸未的一百零八年；以公元计，就是1296年至1403年：1296年和1403年，加上它们间隔的一百零六年，累计一百零八年。明朝人王道生撰写的《施耐庵墓志》记载，施耐庵“生于元贞丙申岁，为至顺辛未进士”。也就是说，施耐庵于公元1296年出生，于公元1331年中进士。而众所周知的是，明朝于公元1368年建立。从1296年至1331年，历经三十六个完整之年；从1332年至1367年，也历经三十六个完整之年；从1368年至1403年，又历经三十六个完整之年。前两个三十六年，合计七十二年，从属于元朝时代；后一个三十六年，从属于明朝时代。

③ 在《西游记》中，三十五部佛经所影射的三十五个重要政权分别是：夏、商、周、秦、汉、新莽，三国中的魏、蜀、吴，晋，南朝中的宋、齐、梁、陈，北朝中的北魏、西魏、东魏、北周、北齐，隋、唐、武周，五代中的后梁、后唐、后晋、后汉、后周，辽、宋、西夏、金、吐蕃、大理，以及元、明。

相互交织，构成《西游记》之主题。《西游记》之主题，不但相关于《三国志通俗演义》之主题和《水浒传》之主题，而且贯通于《红楼梦》之主题；《西游记》并非出于游戏，它是高度复合型的作品，以非常方式打破了传统小说的思想和写法，为《红楼梦》的出现提供了示范、开辟了道路，《西游记》与《红楼梦》堪称“姊妹篇”。对于今人常讲的中国四大古典文学名著，一些人往往只看到阶级斗争，然而忽略民族斗争；虽然阶级社会时代的民族斗争说到底是阶级斗争问题，但是这种阶级斗争问题与一个民族内部的阶级斗争问题毕竟存在重大区别。在中国悠久的历史发展进程中，农耕民族和游牧民族逐步形成了中华民族共同体；在世界长期的历史发展进程中，不同地区和不同国家逐步形成了人类命运共同体。研究四大名著，需要有这样的胸襟和视野。对于四大名著，胡适都作过探讨，然而均存在若干缺陷。在胡适对四大名著的探讨中，对《红楼梦》的探讨最被关注。

有观点认为，中国现代学术以《红楼梦》研究为开端。在一些人看来，胡适《〈红楼梦〉考证》及以此为基石的红学贯穿科学理性意识。笔者以为，非常明确地强调科学，这是很重要的；搞清楚科学的本质和作用，这是更重要的；在学术研究中始终切实地体现科学，这是最重要的。搞科学需要有的放矢，从实际出发，具体问题具体分析。《红楼梦》是在特定历史条件下形成的具有特殊内涵的“谜学”，对于其中的种种谜团必须予以直面和破解。在《红楼梦》研究中，无视和脱离这部小说的实际状况，抽象地谈论科学是没有意义的；方法是否正确，需要结合具体条件来判断，必须通过最终效果来检验。在中国，曾有过无处不在的小农经济，经历过相当漫长的君主专制。在这种背景下，相当多的人缺乏权利观念，没有独立见解，奴化意识浓厚，喜欢人云亦云，甚至不少知识分子都跟大流、随风倒。在这样的基础上，很容易造成迷信盛行、思想僵化。胡适曾为新文化运动作出重要贡献，他的著作被一些人奉为经典便不足为奇。对于胡适《〈红楼梦〉考证》若干缺陷的消极作用，需要有足够的估计和认识。时至今日，仍然存在着脱离文学作品的实际状况、一味地采取所谓“高大上”的研究“范式”之现象，致使学术事业遭遇瓶颈。

三、胡适《〈红楼梦〉考证》若干缺陷必将面临系统矫正乃至文学创新

胡适《〈红楼梦〉考证》完成以前，所谓“索隐”派在《红楼梦》研究中长期处于支配地位。胡适这篇文章完成以后，所谓“考证”派在《红楼梦》研究中长期保持优势地位；“考证”派虽然也遇到过这样那样的挑战，但是在今天仍然有市场。今后，红学研究不可避免地要进入新的发展阶段。在这个阶段，胡适《〈红楼梦〉考证》的若干缺陷需要逐步消除。那种将“考证”法与“索隐”法分割开来、对立起来的片面观念，不能不加以改变。既不能是孤立的考证，又不能是孤立的索隐，而是把考证与索隐统一起来；坚持和体现彻底的唯物主义，将分析作者、分析版本、分析内容结合起来，将分析心理、分析外表、分析行为结合起来，将分析个人、分析群体、分析自然结合起来，将分析家庭、分析民族、分析人类结合起来，将分析过去、分析现实、分析未来结合起来。完全可以说，考证和索隐都是覆盖整个红学研究的，堪称“考索”或“索考”。此外，还需要尽最大可能补充新的切实管用的研究手段，以利于促进红学研究向纵深发展。必须懂得，《红楼梦》是中国人创造的经典，中国人本来有责任、有义务解决它的各种难题，中国人应该有胆略、有能力解决它的各种难题。一时解决不了，可以原谅；长期解决不了，无法原谅。但愿解决得快一些，在时间上不妨作这样的设想：一千年太久了，一百年还可以，五十年最妥当。如果中国学者不能将这项工作做好，哪一天有外国人士把《红楼梦》各种谜团完全破解，而且将其成果传入中国，就会造成非常被动的局面。因此，在这方面需要主动。鉴于胡适《〈红楼梦〉考证》的方法论在客观上对《三国志通俗演义》《水浒传》《西游记》的研究都有影响，又鉴于这三部名著都凝结着罗贯中的心血，还鉴于这三部名著在主题上相通于《红楼梦》，非常有必要在国家层面组建“中国四大古典文学名著研究基地”；那种条块分割的研究情况再也不能继续下去了，必须实现力量整合、重点突破、整体推进、质量提升、发展跨越。

随着胡适《〈红楼梦〉考证》若干缺陷的逐步克服，四大名著的综合研究会得到切实展开和有效推进，罗贯中和冒辟疆也会被重新认识。罗贯中处于元末明初，冒辟疆处于明末清初[①]。从元末明初到明末清初的数百年，既是中国内部农耕民族与游牧民族之关系连续逆转的时期，又是世界东方与世界西方之关系逐步逆转的时期。无论罗贯中，还是冒辟疆，都具有非凡的战略眼光；他们敏锐地把握时代脉搏，清醒地判断世界形势，堪称至伟之人。这些情况，可以为小说的创作提供深厚的源泉、丰富的素材、有益的启示。国人比较普遍地认为，在四大名著中《红楼梦》的成就是最大的。毫无疑问，《红楼梦》是中国人民的一份宝贵财富，是世界文学的一颗璀璨明珠。这部名著将永远流传下去，为一代又一代的人们所欣赏。然而，国人不能满足和停留于拥有《红楼梦》，而应该创造出新的鸿篇巨制。必须牢记，《红楼梦》的作者生活于各方面都非常困难落后的条件下，现时代的人们生活于各方面都特别优越先进的环境中。但是，从整体上来看，当

① 关于冒辟疆的生卒年，有明确的文献记载。然而，关于罗贯中的生卒年，没有明确的文献记载，长期以来困扰着学术界，至今没有定论。笔者在反复研究的基础上认为：以公元计，罗贯中生于1328年，卒于1412年。

代中国还没有出现能够超越《红楼梦》的文学作品。笔者期盼看到这样的文学作品：不但超越中国的《红楼梦》等文学名著，而且超越外国的《战争与和平》等文学名著，成为具有中国特色、世界意义、永恒魅力的文学经典。中国必须有新的文学经典，中国能够有新的文学经典，使之构成中华民族伟大复兴在文化上的重大标志。

做好古典名著的综合研究，产生现今时代的伟大作品，必须依靠杰出人才。研究中国四大名著这些当时社会的百科全书，需要研究者具有多方面的能力；撰写现今时代的鸿篇巨制，需要撰写者具有多方面的能力。杰出的文学评论者是一种高峰，杰出的文学创作者也是一种高峰。有些人长于文学评论，短于文学创作；有些人长于文学创作，短于文学评论；有些人既长于文学评论，又长于文学创作。一个人如果既是杰出的文学评论者，又是杰出的文学创作者，那就堪称天下奇才。值得特别注意的是，现在的学科区别和专业划分过多过细，达到琐碎的程度，甚至人为地制造壁垒；这既不利于具体学科、具体专业的深入发展，又不利于科学事业的整体推进。鉴于这种情况，有必要对现有的学科和专业进行适当的整合，以拓展学习者的知识面，利于产生杰出人才。这里论及学科和专业问题，并非意味着杰出人才都是按照预期和计划培养出来的。实际上，杰出人才往往经受过这样那样的社会锻炼甚至磨难考验。即使如此，也需要有好的体制、机制、政策和舆论，促使和保障杰出人才脱颖而出。这是任重道远的战略任务，直接关系到科学文化的全面繁荣和中华民族的伟大复兴。中国文艺界需要更加奋发向上，为自身争口气，为中国添光彩，为世界做贡献；文艺的生命，将在不懈努力和不断进取中获得蓬勃生机。回顾过去，展望未来，中华文化能够万古长青；立足地球，放眼宇宙，人类命运能够自我掌控。

后 记

克服胡适《〈红楼梦〉考证》的若干缺陷，需要有一系列新的红学观点，它们相互依存、彼此贯通。其实，笔者在本书中已经阐述了一些这样的观点，它们能够形成链条。由于本书的主旨所限、结构所限、篇幅所限，笔者已阐述的观点只是笔者脑海里已存在的红学观点之很小一部分，前者对后者的体现很不全面、很不系统、很不细致、很不深入；笔者脑海里已存在的红学观点，则对《红楼梦》博大精深的体现不够全面、不够系统、不够细致、不够深入。从长远来看，应该逐步达到这样的目标：对《红楼梦》正文中的全部隐语进行合理而透彻的解释，对脂砚斋评本中的所有批语作出恰当而到位的说明，建立起科学而完整的《红楼梦》学术体系。

此时此刻，笔者不禁想起为了理想和事业而献身的岳鹏举，他是值得崇敬的。岳鹏举有著名的词作《满江红》：

怒发冲冠，凭阑处、潇潇雨歇。抬望眼，仰天长啸，壮怀激烈。三十功名尘与土，八千里路云和月。莫等闲、白了少年头，空悲切。

靖康耻，犹未雪；臣子恨，何时灭？驾长车踏破、贺兰山缺。壮志饥餐胡虏肉，笑谈渴饮匈奴血。待从头、收拾旧山河，朝天阙。

在这首《满江红》中，“天”“长”“壮”“头”“山”各出现两次。这种比较多的重复用字现象，属于缺陷。然而，瑕不掩瑜，这首词的意境还是高远的。

岳鹏举有词作《满江红》，冒辟疆则有小说《石头记》，它们都产生了、产生着并将继续产生感天动地的效应。笔者经过深思熟虑，步岳鹏举《满江红》之韵，写下一首《满江红·石头记》：

国瑞艰兴，朝十六、毅威悬歇。安酒令，勃隆垂绍，木郎弓烈。回顾西都宁靖日，追思东府延平月。宛芳飘、末世毁朱颜，皆凄切。

朴巢弱，仇怎雪？潜孝固，痴难灭！棣亭偎惧烨、贝敖神缺。洪嗣充盈洋墨水，希疆枯竭华心血。待吾人、一扫古阴霾，巍明阙。

韩亚光

2021 年 4 月 30 日于北京